ЭТА
TETA

# OKсана Робски

## ЭТА
### ТЕТА

Москва
АСТРЕЛЬ · АСТ

УДК 821.161.1-31
ББК 84(2Рос=Рус)6
Р58

*Иллюстрации и дизайн обложки
Ксении Зон-Зам*

Общероссийский классификатор продукции ОК-005-93, том 2;
953000 — книги, брошюры
Санитарно-эпидемиологическое заключение
№ 77.99.60.953.Д.009937.09.08 от 15.09.08 г.

Подписано в печать 30.05.2009. Формат 70x90/32.
Усл. печ. л. 11,7. Тираж 20 000 экз. Заказ № 0908140.

**Робски, О.**
Р58   Эта-Тета : [роман] / Оксана Робски. —
М.: Астрель: АСТ, 2009. — 316, [4] с.

ISBN 978-5-17-060846-1 (АСТ)
ISBN 978-5-271-24532-9 (Астрель)

Фиолетовые инопланетяне, внезапно появившись на Рублево-Успенском шоссе, ничего не могут изменить в размеренном существовании его обитателей. Но горестные и смешные истории о любви-нелюбви, об изменах и ревности помогают им что-то понять о странной земной жизни и даже... многое почувствовать и испытать. Например, любовь...

УДК 821.161.1-31
ББК 84(2Рос=Рус)6

**ISBN 978-5-17-060846-1 (АСТ)**
**ISBN 978-5-271-24532-9 (Астрель)**

© Робски О., 2008
© ООО «Издательство Астрель», 2008

*Моя любовь и благодарность Илье Демичеву*

*И огромное спасибо моим друзьям,
которые уже столько лет
помогают мне придумывать мои книги:
Алику Мурадову,
Гале Багдасарян,
Ларисе Соколовой*

# α

Земля устроена, как абрикос...

Какое это имеет отношение деторождению?

— Земля устроена как абрикос: твёрдая внешняя оболочка, горячее ядро — косточка и воздушное пространство между мякотью и косточкой.

Как будто я не знаю, как устроена Земля. Какое это имеет отношение к деторождению?

— Люди уже давно не связаны со своей душой-сверхсущностью. Они не помнят свои жизни на Земле, не знают цель и смысл каждого рождения и смерти. Они также не помнят о своих жизнях в тонких мирах.

У моего папаши тоже давно отшибло память. Я что, поэтому родился?

— Любовь на Земле — это духовная практика раздаривания себя. Землянин ищет предмет любви не в себе, а во внешнем мире.

Экспедиция будет длиться девять месяцев. Надо не забыть открывать клетку, чтобы цветы могли прогуливаться.

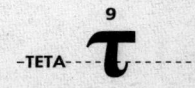

— Раньше земляне обладали 48+2 хромосомами и 12 спиралями ДНК. Их невозможно было обмануть. Современное человечество имеет 44+2 хромосомы, закрученные в 2 спирали ДНК, и восьмикратно меньший объём мозга. То есть 95% клеток головного мозга современного землянина спят. А оставшиеся спирали ДНК управляют половыми функциями и простейшими операциями мозга, необходимыми для самосохранения.

Я нажал на газообразном кристалле «паузу» и спросил:

— А почему провалилась предыдущая экспедиция?

Кристалл недовольно зашевелился и выдал изображение Йоко. Он был первым, кто отправился на Землю в поисках любви. Нашу планету — Тету — надо было спасать. Раньше мы, так же, как и земляне, размножались половым путём. Мы откладывали яйцо эластической формы, из которого вылуплялись двое детей. Но это было до того, как наше правое полушарие заблокировали, лишив нас эмоций и лирики.

Россия — это был выбор Йоко. Он утверждал, что такие слова, как «любовь» и «душа» наиболее популярны именно там. Существует ещё, конечно, Индия, но из-за климатических условий там могут возникнуть дополнительные трудности.

Москва — столица России.

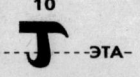

Наши эксперты выявили самый благоприятный регион — Рублёвское шоссе. Здесь наиболее полно представлены те из популяции землян, кто способен выживать при любых условиях, даже во время смуты. Как раз то, что нужно для пополнения нашего генофонда. Ну и плюс экология.

Голографическая картинка показывала нам Йоко не таким, каким его видели мы, а таким, каким его видели земляне во время эксперимента. Йоко был одет в форму сотрудника ГИБДД. У него были блестящие глаза и пуговицы. Он взмахнул полосатой дубинкой и примитивное средство передвижения, каким пользуются все земляне, остановилось. Управляла им гуманоид ярко выраженного женского типа, с длинными волосами. Гуманоид нарушил пп. 3 и 4, а также пп. 28 и 46 правил ГИБДД и теперь плакал и тёр глаза маленькими розовыми руками.

Йоко быстро определил, какой образ сотрудника ГИБДД лучше всего подходит для данного гуманоида, и телепатическим путём предстал перед ним в этом образе. Как и хотела девушка, он ничего не стал говорить про пп. 3 и 4, а также пп. 28 и 46. Проникновенным баритоном Йоко спросил:

«У вас несчастье?»

Гуманоид посмотрела на него заплаканными глазами.

«Пожалуйста, пристегнитесь», — очень по-доброму попросил Йоко и дотронулся пальцами до фуражки, отпуская гуманоида.

«Вы что, инопланетянин?!» — сразу догадалась она. И нажала на газ.

Лёгкое кристаллически-фиолетовое тело Йоко дернулось на галогенном экране и пропало.

И теперь я лечу на Землю в составе второй экспедиции.

Учёные нашей планеты создали общую нейрохимическую структуру народа, в которой любое внешнее воздействие вызывает одинаковую реакцию каждого индивида. Путём генных манипуляций и изменения спиралей ДНК мы избавились от индивидуальных чувств и желаний и интегрировались в единый народ-организм.

Мы никогда не ссорились между собой. И не воевали. Мы не ненавидели друг друга, но и не любили. Побочным эффектом нашей высокотехнологичной цивилизации стало снижение сексуальной активности. Понятие пола у большинства из нас стёрлось само собой.

— Станция Z-144, — приказал я лодке, и уже через десять секунд, минуя дома, напоминавшие поставленные одна на другую гигантские пирамиды; гостиницы эллипсовидных и грушеобразных форм; светящиеся шары и конусы институтов; вздымавшиеся на 150 этажей ввысь и на столько же уходившие вглубь технические корпуса, я оказался на орбитальной станции Z-144.

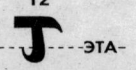

После провала программ «Каждой семье с ребёнком — Квазикристалл» и «Каждому второму ребёнку — путешествие на Альфа Центавра» мы прибегли к старому надёжному способу клонирования себе подобных, тиражируя эталонные клетки. Однако клонированные особи не эволюционировали, оставаясь лишь копией своих родителей. Генофонд не пополнялся.

— Привет, пап, — сказал я, усаживаясь в гамак. Только здесь, на «острове режиссёров», как в народе называли орбитальную станцию Z-144, можно было увидеть такую вещь, как гамак. — Лечу вот на Землю.

Отец творил. Это был исторический фильм про межпланетные войны.

Люди, занимающиеся творчеством, жили на станции обособленно, по своим правилам. Я мог навещать отца только в первый день шестого месяца, потому что отсутствие внешней информации стимулирует работу воображения. Не знаю, стал бы я посещать его чаще, если бы это было возможно.

Он отключил от своей головы огромные круглые механизмы, считывающие мысль и показывающие её на экране в трёхмерной форме. Изображения можно было пощупать, понюхать, укусить и даже заглянуть под них.

— Привет, — сказал отец. И поцеловал своего любовника. Известно, что поедание запретного плода сопряжено с чувством вины. И это чувство, как и само творчество, приводит к невероятному нравственному развитию личности. А оно, в свою очередь, — к более высокой степени душевной тонкости.

На Z-144 жило 18 человек.

— А зачем? — спросил любовник отца.

— За формулой любви, — ответил я ему. — Сверхзадача: научиться у людей плодиться и размножаться.

— Сверхзадача каждого муравья — стать крылатым, — сказал отец.

— Я говорю про программу правительства, — сказал я. — Тебя это никогда не интересовало.

— Мы с тобой похожи, как две капли слёз, — вздохнул отец.

— Конечно, я же твой клон. Я вернусь через девять месяцев.

— На земле есть девушки, с волосами светлыми, как ромашки, на которых не загадали любовь, — сказал отец.

— Я не понял, — сказал я. Именно оттого, что логика отца так отличалась от нашей, он жил на Z-144.

— Ты поймёшь, — сказал отец.

Перед полётом меня познакомили с коллегой. Он тоже ни разу не был на Земле.

— Млей, — сказал он.

— Тонисий, — представился я.

Мы летели через системы погружающих трансформаторов под названием «звёзды». Мы миновали огромное количество трёхмерных планет, высшими народами на которых являются не гуманоиды, а деревья, крокодилы, киты, кошки и т. д. На этих планетах высшие существа имеют обличье диких или домашних животных. В криогенных камерах этих планет хранятся тела различных животных, чтобы сущности из космоса вселялись в них и могли общаться при помощи органов чувств.

— Вижу космический корабль, — сказал Млей.

Используя небольшую радиолокационную камеру, мы определили направление его движения и заглянули внутрь. В кабине этого допотопного корабля находилось шесть замороженных марсиан, они тоже направлялись на Землю. Там их встречали агенты, которые проводили процедуру размораживания: с Марса на Землю лететь долго и скучно.

Наконец показалось мускулистое небо Земли.

На голографическом экране возник летающий аппарат землян и тут же был сбит кораблём с Луны. Согласно Программе Третьего Космоса о Невмешательстве мы пролетели мимо. Когда-то давно и мы таким же способом добывали для нашей планеты передовых учёных и инженеров.

Наконец мы приземлились на Рублёво-Успенском шоссе, в районе деревни Усово.

Корабль покинул Землю, чтобы вернуться за нами через девять месяцев.

— Номер заказывали? — спросило нас существо розового цвета в небольшой гостинице в районе деревни Горки.

Мы владеем всеми техниками превращения энергии в материю; левитацией, телепатией, трансмутацией и телекинезом.

Мы не заказывали номер, но нам было не сложно выглядеть в глазах землянина идеальными жильцами.

— Два самых лучших номера, бутылку шампанского — для вас. Выпейте за наше здоровье, — сказал Млей и положил на деревянную стойку пластиковую карточку VIZA.

Администратор радостно улыбнулась двум симпатичным мужчинам (один из них был рыжим, как и её любимый покойный муж) и проводила их наверх, в лучшие номера с камином. Это был первый за всю её работу в гостинице случай, когда мужчины поселились без женщин.

Мы вышли на улицу и молча разглядывали проезжающие мимо транспортные средства землян. Почти все они были чёрного цвета, некоторые имели на крыше украшения в виде мигалок. Наши фиолетовые тела отражались в их зеркальных стёклах.

— Гастарбайтеры! Совсем обнаглели, гады! — услышали мы откуда-то сзади. К нам приближались двое землян.

Телепатия — настройка на ментальную волну. Она основана на принципе вибрации.

Мы с Млеем кланялись, сжимая в руке по бумажке с надписью «500 рублей». Внешность менять не пришлось. Надо было только повторять:

— Брат, брат...
— Какой я тебе брат, чурка?! — Один из землян забрал у нас деньги и треснул дубинкой по фиолетовой спине. Дубинка сломалась.
— Брат!!! Брат!!! — закричал Млей и протянул землянину мятые 100 долларов. — Работаем здесь, всё, что есть, отдаём!

Земляне ушли, ругаясь.
— Дубинки не должны ломаться, — сказал я.
— Ты прав, — сказал Млей.

Окрестные дома были построены в виде прямоугольных параллелепипедов, нагромождённых друг на друга и совсем не гармонирующих с природными и человеческими энергиями. Много машин сворачивало в сторону белого дома с острой крышей. Мы пошли туда же.

Вокруг дома была выставлена многочисленная охрана.

Охранники увидели в нас полуобнажённых шестнадцатилетних девушек и пропустили.

В доме было темно, горели свечи, какие я видел в фильмах моего отца.

Повсюду были земляне. Их было так много, что мы едва успевали меняться соответственно их желаниям.

Музыка звучала очень громко, трудно было различать голоса.

— Пойдём петь в караоке, а, красотка? — крикнул мне раскачивающийся землянин, с трудом удерживавший в одной руке рюмку с белой прозрачной жидкостью, а в другой — гроздь винограда. Если бы не рюмка, то с виноградной гроздью в руке он был бы похож на бога Диониса.

— Хочу любить и размножаться! — очень громко ответил я, стараясь, чтобы меня было слышно.

— Не вопрос! — сказал землянин. — Но давай я тебе сначала «Крысу-ревность» спою!

— Нет, размножаться надо быстрее, потому что уровень сахара в вашей крови очень высокий, гемоглобин повышен и подвижность спермы слабая.

— Это у меня-то слабая! — возмутился землянин. — Я тебе сейчас покажу, какая она слабая!

— С вашим потенциалом вы бы ещё лет 70 прожили, а с вашим образом жизни — с трудом десяток протянете, — сказал я не очень громко, потому что музыка на секунду стихла.

— Дура! — махнул рукой землянин. — Пошли песни петь! А лучше я один...

Но я тоже пошёл за ним — чтобы не терять налаженный контакт.

Пока я тонким голоском подпевал: «Поселилась и пригрелась в моём сердце крыса-ревность», Млей, подпрыгивая то на одной, то на другой ноге, танцевал с гуманоидом-девушкой, у которой был нехарактерный для землян лягушачий рот.

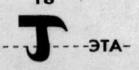

Довольно скоро я понял, что люди вокруг меня ничего не хотят, и им абсолютно всё равно, как я выгляжу.

Я сел на стул у пианино и достал две минеральные таблетки. Я еще не ужинал, Млей тоже.

— Эй, мужик, у тебя чего, носа нет?! — спросил меня землянин.

В рамках программы по борьбе с наркотиками нас уже давно клонировали без носа. Кстати, мы совершенно не переносим, когда какие-нибудь космические сущности начинают ковыряться в носу. В этот момент мы падаем на пол и меняем цвет с фиолетового на жёлтый.

— Нет, — сказал я.
— А как же ты нюхаешь? — поинтересовался землянин.
— Никак, — сказал я.
— Молодец! — Он хлопнул меня по плечу и сыграл одним пальцем «Собачий вальс».

Когда любитель попеть в караоке проснулся, он увидел в кресле напротив кровати Анжелину Джоли, только двадцатилетнюю. Из распахнутого шёлкового халата была видна юная девичья грудь, в руках красотка держала бутылку ледяного пива. И улыбалась.

— Мммм... — промычал землянин и несколько раз махнул рукой, словно прогоняя навязчивое видение.

— Холодного пивка? — спросил я.

Землянин от удивления выругался.

У землян эфирное тело — это серо-голубая каёмка, повторяющая контуры физического тела. А наше эфирное тело не полностью совпадает с физическим, оно скапливается над головой в виде ореола. Поэтому способности к телепатии, так же, как остальные навыки и знания, даются нам сразу, в полном объёме, охватывая все области многомерной материи.

Ошибки быть не могло — я был именно таким, каким меня хотел видеть этот рыгающий землянин.

— Давай! — нахально произнёс он.

Я дал ему бутылку «Corona» с застрявшим в горлышке кусочком лимона и начал слегка массировать его волосатые плечи.

— Ты кто? — снова рыгнул он, когда бутылка была уже пуста.

— А ты не помнишь?! Я — твоя девушка.

Он воровато оглянулся.

— Твоей жены нет, она улетела с подругой на четыре дня в Милан, — сказал я.

— Ещё пива! — потребовал землянин.

Я дал ему ещё бутылку.

Он выпил её и скинул с себя одеяло. Ночью я предварительно его раздел, только не получилось снять левый носок — он брыкался.

Одетый на одну ногу чёрный носок землянина не смутил.

— Раз ты моя девушка, иди сюда! — Он перестал рычать и притянул мою голову к своим бёдрам.

Как я уже сказал, знания и навыки всей вселенной мы получаем сразу, в полном объёме.

Землянин пару минут счастливо улыбался, а потом тихонько захрапел.

Когда он открыл глаза, я входил в комнату с подносом в руке.

— Завтрак, дорогой, — сказал я.

Набив рот слабосолёным лососем, он поинтересовался, как меня зовут.

— Тонисия, — сказал я.

— А я — Вова. — Он потрепал меня по щеке. — А ты красивая, Танисия.

— Ты тоже, Вова.

— Это точно! — Он раздвинул ноги на всю ширину кровати.

Потом Вова начал орать и обзывать меня дурой. Оказывается, из-за меня он опоздал на совещание. Он орал очень громко, и я не сразу смог его перебить, чтобы сообщить, что уже позвонил секретарше и предупредил, что Вова задержится — его вызвали в Белый дом.

— Молодец! — похвалил Вова и послушно дал снять с себя вчерашний носок.

Я помог ему одеться, обтерев после душа махровым полотенцем.

— Когда мне можно снова придти? — спросил я.

— Тебе? — Вова оценивающе оглядел фигуру своей мечты. — Завтра. Приходи вечером. Я скажу, чтобы охрана тебя пропустила. Как твоё имя? Анисья?

— Тонисия.
— Точно. Ну давай, Танисия. Будь хорошей девочкой. К мужикам не приставай.

Когда я вернулся в гостиницу, Млей сидел в небольшом ресторане справа от входа с типичным представителем женского населения планеты Земля.

— Подруга, — говорила Млею человеческая особь, зло сдувая чёлку с лица, — теперь ты понимаешь, какой он подонок! А я его в спортзал заставляла ходить! Я из него человека сделала!

— Не может быть! — отвечал Млей, странно растягивая слова. — Неужели просто взял и ушёл?!

— Ну да! — торжественно подтвердила особь. — Собрал вещи и ушёл!

— И ничего не сказал?! — вяло интересовался Млей.

— Сказал, что знает даже о том, что, сидя на унитазе, я ковыряю в носу!

— Мне пора. — Млей встал и посмотрел на меня.

— Подруга! — закричала женщина и тоже повернулась в мою сторону. — Кстати, зачем тебе такой старый и некрасивый муж? Ой-ой! Шучу, шучу, приятно познакомиться! — Она повернулась к Млею и громко шепнула: — Разводись! Мы с тобой таких женихов найдём!

— Мусечка, ложись спать, — сказал Млей и поцеловал Мусечку в бледную щёку.

— Поеду домой. Где моя машина? — К ней тут же подошли двое землян, похожих друг на друга как родные братья.

— Наталья Петровна, поехали домой, — попросил один из них, а второй осторожно помог ей подняться.

— Поехали! — согласилась Мусечка Наталья Петровна. — У меня ещё встреча сегодня. Важ-ж-жжная!

Официант распахнул перед нами дверь, одновременно улыбаясь Наталье Петровне.

— Вам завтрак подать? — спросила администратор своих фиолетовых постояльцев.

— Нет, спасибо, — ответил я. — Мы уже завтракали.

Мой номер состоял из двух комнат — гостиной с камином и спальни, которая соединялась с ванной комнатой. Я туда не заходил.

Млей достал контейнер из кармана на правой руке и, положив в рот две капсулы с экстрактом пыльцы растений, мёда и некоторых органических соединений, тщательно их пережевал. Я сделал то же самое. Работа была тяжёлой, и наши организмы нуждались в регулярной подпитке.

Из сейфа, вмонтированного в платяном шкафу, я достал эллипсовидный кристалл, с помощью которого осуществлялся контроль за состоянием наших организмов. Все показатели были в норме. Уколов тепловым лучом палец левой руки, я взял в пробирку шарики на анализ. Датчики на пробирке подтвердили, что все показатели в норме. Я высыпал шарики в окно и, поставив пробирку на дезинфекцию, передал кристалл Млею.

Он тоже был в порядке.

— Я научу тебя рассказывать анекдоты, — сказал Млей.

— Научи, — попросил я.

— Какие зубы выпадают последними? — спросил Млей.

— Искусственные, — ответил я.

— Ты должен промолчать, а когда я тебе скажу, громко засмеяться, — сказал Млей.

— Как это? — спросил я.

— Вот так: ХА-ХА-ХА — ПРИКОЛ!

— Я научился.

— Какие зубы выпадают последними? — спросил Млей.

Я промолчал.

— Искусственные, — сказал Млей.

— Ха-ха-ха — прикол! — сказал я.

Млей пошёл в свой номер готовить отчёт о нашем пребывании на Земле. Это был Отчёт-1. И его резюме: формула любви не составлена.

Я выглядел, как царевич **β** из русского эпоса.

В ногах валялись архитектурные планы моего королевства.

Горничная выглядела как гитарообразный предмет с неаккуратно отрезанными струнами. Она проверяла мини-бар и одновременно одёргивала короткое платье, посматривая на меня.

Я выглядел как царевич из русского эпоса. В одной руке у меня была корона, а в другой — хрустальный башмачок. В ногах валялись архитектурные планы моего королевства. Я был абсолютно лысый и с большим шрамом на голове. Точно таким же, как у того мальчика с трепанированным черепом, что поцеловал горничную, когда они учились в 7 классе.

— Что же вы не пьёте ничего? — застенчиво улыбнулась горничная, захлопывая дверцу полного мини-бара.

— Мне хочется почитать вам стихи, — сказал я.

— Удобно ли это? — прошептала горничная.

— Удобно, — сказал я. Раньше я никогда стихов не сочинял.

> Железный город, суета.
> Ты другая. И сейчас не зима.
> Белая кожа как белый снег,
> Я пришёл ненадолго, но я — поэт...

— Вы, наверное, женаты, — вздохнула горничная.
— Нет. Но я очень ищу свою вторую половину. И вы мне нравитесь.
— А я всегда думала, что так только в сказках бывает! — Она стояла у двери и отчаянно строила глазки.
— Знаете, мысли ведь не рождаются в человеческом мозгу. Это заблуждение. Они летают в пространстве с огромной скоростью. Аура головы человека втягивает в свою орбиту мысли живых и умерших людей, резонирующие с колебаниями собственного ментального тела. Мысли кружат над головой на расстоянии 60—120 см. Когда они чистые, над головой человека возникает золотое облачко, — сказал я.
— Я всегда мечтала, чтобы мужчина говорил именно так, — прошептала горничная. — Меня Галя зовут.
— А меня Тонисий.
— Я буду к вам почаще заходить, чтобы всё у вас было в порядке. Но вы, я смотрю, и не мусорите.

— Я стану мусорить, — сказал я.

— Я пошла? — Галя неуверенно приоткрыла дверь.

Я взял со стола список телефонных номеров гостиницы и бросил его на пол. Галя подлетела ко мне и подняла его.

— Ну что же вы мусорите?! — Она положила листок на стол.

— Не буду, — сказал я.

— Нет-нет, мусорите, пожалуйста!

Я принёс из спальни подушку и тут же порвал её. Перья полетели по комнате, как белые звёзды несбывшихся надежд.

— Вы мусорите! — восторженно закричала Галя.

— Да! — Я бросал на пол всё, что попадалось под руку.

— И я тоже! — Галя оказалась в спальне, она прыгала на кровати, бросалась подушками и хохотала.

Я тоже прыгал и хохотал.

С тумбочки упал телефон, и Галя радостно закричала:

— Мусорим! Пусть всё-всё-всё падает!

Я взял её за руку, и она не смогла подпрыгнуть в очередной раз.

— Любить и размножаться, — сказал я.

Галя заплакала:

— А я думала — принц. А вы как все! — Она, всхлипывая, пятилась к выходу.

— Я не как все, — сказал я. — И я хочу любить вас и размножаться только с вами.

— Врёте вы всё, — плакала Галя. — Я сейчас тут с вами останусь, а потом буду вам не нужна. И вы ещё, небось, попросите, чтобы горничную сменили.

— Нет, ошибаетесь, я заберу вас с собой. Мы только должны любить друг друга и размножаться, — сказал я.

— Да что вы всё заладили! — огрызнулась Галя, наводя порядок в номере. — Мне тут одной не справиться, сейчас попрошу кого-нибудь помочь. Может, вы в номере у вашего друга подождёте?

— Ладно, — сказал я. И вышел.

Млей составлял программу в квазикристалле.

— Из пяти человеческих существ, которым мы являлись в образе их идеалов, по теории вероятных соотношений, все пять будут любить и готовы размножаться, — сказал Млей.

— А мы должны любить всех пятерых? — спросил я.

— Да, — сказал Млей. — Тогда наша экспедиция пройдёт успешно.

— Мы сделаем это, — сказал я.

— Да, — сказал Млей. — Мне надо идти. Меня ждёт подруга, Наталья Петровна.

Млей с Натальей Петровной встретился в ресторане «Урюк», недалеко от места нашей высадки.

— Давай водочки и плов, и ещё самсу, и айран холодненький, — сказала Наталья

Вова поднял с пола брюки и достал из кармана маленький бумажный пакетик. Вскрыл его и подмигнул мне.

— Ну-ка помоги!

Потом я спросил Вову:

— А как же мы будем размножаться, если ты пользуешься презервативом?

— Пока не будем, — нахмурился Вова. — И ты давай, не расстраивай меня. Про размножаться ни слова!

Я заплакал.

— Я же люблю тебя! Я бы хотела родить тебе маленького мальчика, мы бы отдали его в футбол, и он бы вырос таким же красивым, как Аршавин.

— В футбол... — задумался Вова и тут же начал орать: — Дура! Ты что, думаешь, я такой идиот?! Ты думаешь, я не знаю вас, дур?! Вам только того и надо — забеременеть, а потом из меня деньги выкачивать! Думаешь, ты одна такая?

Я перестал плакать и протянул ему бокал шампанского. Усевшись на пол, я разминал ему ступни ног. Вова от удовольствия шевелил большими пальцами.

— Но ты ведь всегда мечтал, чтобы появилась юная, чистая девушка необыкновенной красоты и полюбила тебя таким, какой ты есть. И ничего от тебя не хотела. А ты бы сам задаривал её подарками. А она бы делала тебе массаж. И на всё — на всё всегда была бы готова, — сказал я, ласково улыбаясь.

— Давай не портить вечер... — сказал Вова.

— Я бы ещё хотела сделать тебе массаж головы, — попросил я.

— Ну, ладно, — проворчал Вова и откинулся на подушку. — Тебя охрана потом проводит.

Когда он заснул, на обратной стороне какого-то факса я написал красной помадой: «Я буду любить тебя всегда». И нарисовал сердце со стрелой. И смайлик.

Я положил листок на соседнюю подушку и пошёл в гостиницу.

На улице было темно. В небе светили звёзды.

Людей на дороге не было, только автомобили проносились мимо на большой по принятым на Земле меркам скорости.

Администратор спросила, не нужно ли мне чего и устраивает ли меня номер.

— Всё нормально, спасибо, — сказал я.

— Мы камин обычно зимой топим, но если захотите, то и сейчас...

— Нет-нет, не стоит. Всё нормально.

— Ваш товарищ тоже вернулся. Он у себя.

«Девиц не водит, — подумала администратор, — и вообще странные. Зубы не чистят, щётки, что я положила, как лежали новые, так и лежат. И полотенцами не пользуются. Может, не моются? И главное — ни одной девицы... Странно... Может, позвонить... А что скажу? Девок не водят и зубы не чистят? Ну да, так и скажу... Позвоню!»

Млей в своём номере брал анализ шариков. Результаты были вполне удовлетворительны. На всякий случай, как и положено в экстренных ситуациях, Млей повторил анализ. Результат подтвердился.

Ситуация была действительно экстренной. Млей встретился с Натальей Петровной в городе. Она заехала за ним в гостиницу на своей машине.

— Ты как к японской кухне относишься? — спросила Наталья Петровна.

— Ты забыла? Я же худею! — сказал Млей.

— Так на японской все и худеют! — заявила Наталья Петровна.

Они приехали в гостиницу «Славянская» и заняли столик у прохода.

Наталья Петровна заказала роллы «Калифорния», унаги, угря на рисе, салат авокадо с креветками, кайсо, прозрачную лапшу и два графинчика саке.

— Я пить не буду, — сказал Млей.

— Будешь. Ты не за рулём. А подружку в трудный момент поддержать — святое дело. Ты в Бога веришь? — Она разлила саке по маленьким рюмочкам.

— Я не буду пить. У меня встреча важная, — сказал Млей.

— Ладно. Твоё здоровье. И за то, чтобы эти козлы все... — Она неожиданно моргнула, и две слезинки скатились по её напудренному лицу.

Официантка уставила весь стол едой.

— Мой даже не звонит. — Наталья Петровна заглянула в глаза подруге. — Представляешь?! Я ему эсэмэску послала: если нужны твои вещи, скажи. Думала, ответит что-нибудь, так нет... Даже чуть-чуть не выпьешь?

— Нет, — сказал Млей. — Переживаешь?

— Переживаю, — Наталья Петровна кивнула проходящему мимо мужчине в розовой майке. — Никак от него этого не ожидала! — Она снова выпила. — Он меня предал! Понимаешь? Я всю жизнь на него потратила...

— Ты его в тренажёрный зал отправила...

— Да при чём тут тренажёрный зал?! Думаешь, мне нужны были эти мужики? Но как без них-то?

Зазвонил её телефон. Наманикюренным пальцем она сбросила звонок.

— Думаешь, это серьёзно? Думаешь, не вернётся? — спросила она Млея.

— Вернётся, — сказал Млей.

— Нет, — вздохнула Наталья Петровна, обмакивая суши в соевый соус. — Супер-вкусно! — Она позвала официантку и заказала ещё мисо. — Обожаю острые унаги! — улыбнулась она, ловко жонглируя деревянными палочками.

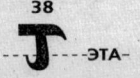

— На что похоже? — спросил Млей.

— На счастье! — расхохоталась Наталья Петровна. — Знаешь, в девяностых, когда это ещё толком никто не ел, я своей свекрухе предложила выпить соевый соус вместо супа! Она меня тоже тогда спросила: «А на что похоже?» — а я говорю: «Попробуйте», — и она ка-а-ак маханёт! Чуть не убила меня тогда! — веселилась Наталья Петровна. — А она женщина с характером! Муся! — Наталья Петровна вдруг строго поглядела на Млея. — Ты какая-то грустная!

— Нет! — сказал Млей.

— Ну я же вижу! Сидишь — ни жива ни мертва! Попробуй угря! У тебя ничего не случилось?

— Ничего, — сказал Млей.

— А хочешь я расскажу, как мы познакомились? — Глаза Натальи Петровны блестели, она подлила себе соуса и размешала в нём зелёную пасту.

Он стоял за ней в очереди в институтской столовой, а она чувствовала его дыхание и нарочно не двигалась вперёд, чтобы он вынужден был к ней обратиться.

— Представляешь? — рассказывала Наталья Петровна. — Он стоял и молчал! Робел! И тогда я сама к нему повернулась! Ты уверена, что не хочешь попробовать унаги? Ты просто сойдёшь с ума от счастья. Попробуй! — Она протянула Млею небольшой кусочек, зажатый двумя палочками.

Млей открыл рот.

— Хорошая девочка! — Похвалила Наталья Петровна и положила унаги на розовый язык подруги. — Ну?

Млею показалось, что он вышел в открытый космос без специального оборудования. Но страха не было. Даже наоборот. Млей снова открыл рот.

У Правительственная разработка.
Но всё засекречено.

Серия 01 № 003039

Месячный курс — 60000 €

Только для своих.

— Ты что, не уверен в показаниях? — спросил я Млея.
— Просто перепроверил, — сказал Млей.
— Почему? Замечаешь сбой в системе?
— Нет. Я пробовал человеческую еду, — сказал Млей.
— Зачем? — спросил я.
— Узнать, что такое вкус, — сказал Млей.
— Ты не можешь ставить под угрозу своё существование ради того, чтобы узнать, что такое вкус. К тому же в твоём мозгу интегрированы все абсолютные знания. Я знаю, что такое вкус. И ты тоже, — сказал я.
— Я не знал, что такое вкус унаги, — сказал Млей.
— Что показал анализ шариков? — спросил я.

— Норму.

— Хорошо. Это должно быть в твоём отчёте.

— Я знаю.

— Мне надо работать. — Я вышел и отправился в свой номер.

Горничная Галя долго стучалась, прежде чем зайти.

— Ой, извините, я думала, никого нет, — прошептала она, удивлённо разглядывая небольшой стол, накрытый на две персоны. За столом сидел я и открывал шампанское. С шипучим треском пробка взлетела к потолку и застряла в гардине.

— Ой, я достану! — Галя метнулась к занавеске, но я взял её за руку. И посадил за стол.

— А почему вы в пижаме? — прошептала Галя.

Я налил шампанского в бокалы. Кинул лёд.

— Одну минутку! — сказал я и вышел в спальню. Когда я вернулся, Галя увидела на мне чёрный смокинг с белой гвоздичкой в петлице.

— За вас! — сказал я, и мы чокнулись.

— Я вообще-то на работе, — улыбнулась Галя.

— Никто ничего не узнает. А потом — я так готовился, вы уж меня не расстраивайте, — сказал я.

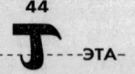

— Не буду, — согласилась Галя.

Я сделал вид, что отпил шампанского, и положил Гале в тарелку немного чёрной икры и сёмги.

— Вы, наверное, икру у нас в room-service заказали? — спросила Галя. — Напрасно. Сказали бы мне, я бы вам с Дорогомиловского рынка привезла. Там из-под полы торгуют. Я и повару нашему привожу. Думаете, куда он деньги вот за вашу денет? В карман себе положит!

Галя допила шампанское.

— Вкусно? — спросил я.

— Очень, — разрумянилась Галя и глянула на дно бокала: кубик льда начал подтаивать, и золотое кольцо, которое я в нём заморозил, сверкало ярким слепящим светом.

— А что это? — тихо спросила Галя, не веря своим глазам.

— Подарок. Мне так захотелось сделать вам приятное. Вам приятно? — спросил я.

Она счастливо рассмеялась, выудила двумя пальцами кольцо из бокала и надела его на руку.

— Красота какая! — Она вскочила, подбежала ко мне и чмокнула меня в щёку. — Спасибо! Мне ещё никто никогда колец не дарил! А особенно вот так... — Она зажмурилась.

Я тоже.

— Давайте танцевать, — предложил я.

— Давайте! — Она не сводила взгляда со своей руки.

Я нажал несколько кнопок на пульте телевизора и выбрал медленную, тягучую мелодию.

Мы танцевали между камином и сервировочным столиком.

— Ещё шампанского? — спросил я.

— В этот раз без сюрпризов? — прищурила она свои небольшие глаза.

Мы сели за стол.

— Расскажите мне о себе, — попросил я. — Хочу знать о вас всё-всё-всё.

Галя улыбнулась.

— Я хорошо училась, хи-хи. Раньше я хотела стать хозяйкой огромного ателье. Я только шить не умею, хи-хи. А вы, наверное, были отличником?

— Нет. Я был хулиганом и двоечником.

Она расхохоталась:

— Я почему-то так и знала!

— А кто ваши родители? Вы такая красивая, наверное, папа вас страшно баловал?

— Да, баловал. — Галя сделала вид, что смутилась. — Хотя... у меня сестра есть. Тоже красивая.

И она рассказала про сестру. Про то, как та с самого детства на правах старшей всё у неё отнимала. Даже когда родители стали покупать им абсолютно одинаковые вещи, она всё равно носила именно те, что были куплены для Гали.

— Она брала моих кукол. Когда к ней приходили подружки, она подговаривала их не играть со мной. И они не играли!

Теперь Гале приходилось прятать от сестры деньги и косметику. Но та всё равно находила и то и другое и брала себе.

— А родители? — спросил я.

— Родители махнули на нас рукой, — вздохнула Галя, — им это уже давно надоело.

Она пробовала поговорить с сестрой, просила её, объясняла и даже угрожала — ничего не помогло.

— Мне надо будет спрятать кольцо, — вдруг спохватилась Галя, — я умру, если она заберёт его!

— Я подарю новое, — сказал я.

— Я её ненавижу! — Она доела икру из икорницы, и я положил ей папарделли с белыми грибами.

— Иногда я хочу, чтобы она умерла, — прошептала Галя.

— Это не решение, — сказал я.

— Ой, наверное, я надоела вам со своими проблемами? — вдруг кокетливо спросила девушка.

— Совсем нет. Мне кажется, я знаю вас тысячу лет. И мне очень, очень с вами хорошо.

— И мне. Вы такой интересный человек! Расскажите мне что-нибудь... умное!

— Про что? — спросил я.

— Про людей, — ответила Галя, положила вилку, наморщила нос (я в этот момент отвернулся) и приготовилась внимательно слушать.

— С ментальной точки зрения человека вообще не существует, — сказал я, — поскольку человек неотделим от цивилизации, штампующей людей-роботов со спящим, неразвитым мозгом. Согласны?

— Согласна! — восторженно прошептала Галя.

Я налил ей кофе и она засобиралась домой.

Я взял её лицо в свои руки.

— Останься, — сказал я, неожиданно перейдя на «ты».

Она отрицательно помотала головой.

— Нет. Знаю я вас! Не останусь.

— Останься, — сказал я. — Я так ждал тебя.

Она повернулась к двери, но я удержал её за руку.

— Не останусь! — громко сказала Галя. — Вот для чего это колечко и все эти умные разговоры?! Вы такой же, как все! Постель, и больше ничего не надо! А потом на улице и не узнаете! — Она сорвала с пальца кольцо и бросила его на пол, проследив взглядом, куда оно покатилось.

Я поднял кольцо.

— Идите, Галя. Это был самый чудесный вечер в моей жизни! И возьмите кольцо. На память.

Я взял ее руку, вложил в ладонь кольцо и крепко сжал. Она чуть не плакала.

Я закрыл за ней дверь.


— За мной следят, — сказал Млей.
— Кто? — спросил я.
— Женщина. Толще среднего, ниже среднего.
— Тебя раскрыли? — спросил я.
— Не знаю.
— Надо войти с ней в контакт, — сказал я.
— Хорошо. А я отсижусь здесь.
— Ты составил отчёт?
— Да. И дал Мусе капсулы с пчелиной пыльцой.
— Зачем ты дал землянину наши капсулы?!
— Чтобы она похудела. Она много ест и пьёт.
— Почему ты хочешь, чтобы она похудела?
— Она сказала, что если похудеет на этих капсулах так, как я, можно будет организовать бизнес.
— Зачем ты хочешь организовать бизнес?

— Если у тебя свой бизнес, и о тебе пишут в «Forbes», тебя любят все девушки!

— Но количество капсул у нас ограничено...

— Я могу какое-то время есть человеческую еду.

— Ты не можешь! Это вызовет сбой в системе.

— Не вызовет. Я делаю анализ шариков. Всё в норме.

— Последствия могут быть не сиюминутными.

— Я уже несколько раз ел борщ, плов и фуа-гра. Больше всего мне нравится борщ.

— Ты поступаешь неправильно!

— Если ты тоже будешь есть борщ, я смогу продать и твои капсулы.

— Это неправильно! Неправильно!

— Зато выгодно.

— Я не буду.

— Могу дать попробовать. Борщ есть у нас в room-service.

— Нет-нет! Не буду даже пробовать! И тебе не советую.

Я вышел на улицу.

Администратор спросила, нужна ли нам по утрам пресса.

— Нужна, — сказал я.

— «РБК» или что-нибудь жёлтенькое? — поинтересовалась администратор.

— И то и другое, — сказал я.

— Сделаем!

Внизу у гардероба сидела женщина. Ниже среднего. С огромным фотоаппаратом в руках.

— Вы меня ждёте? — спросил я.

— Да. Пригласите меня на чашечку кофе, — попросила она, нажимая на какие-то кнопки.

— С удовольствием, — сказал я, и мы пошли в ресторан.

— Фуа-гра? — предложил я женщине.

— Неплохо. Не возражаете? — Она положила на стол диктофон.

— Даже наоборот. Вы журналистка? — Я спросил у подошедшего официанта, есть ли у них фуа-гра. Есть.

— И каппучино, пожалуйста, — попросила журналистка. — Итак?

— Что? — спросил я.

— Я чувствую, что здесь сенсация.

— Да что вы?

— Ну да. Я уверена, что вы именно тот, кого я так долго искала. Спасибо, — сказала она официанту и нажала на кнопку диктофона.

— Я какаю бабочками! — сказал я.

— Браво! — закричала журналистка. — Извините, я должна проверить, записалось ли.

Она что-то покрутила в диктофоне и через секунду я услышал свой собственный голос.

— Записалось, — удовлетворённо констатировала журналистка. — Но мне нужны доказательства.

— Что я буду за это иметь?

— Славу! — закричала она. — На всю Россию! Да на весь мир, пожалуй!

— Не надо, — сказал я.

— А что надо? Деньги? У нас бедное издание, мы не можем платить.

— Ваше обещание, что оставите меня в покое. Навсегда.

— Идёт! — сразу согласилась она. — Но я могу сделать фотографию?

— Можете. — Я замолчал и закрыл глаза.

Журналистка терпеливо ждала. Наконец она увидела огромное количество разноцветных переливающихся бабочек, порхающих у меня за спиной. Она вскинула фотоаппарат и начала восторженно щёлкать.

— Ещё! Ещё! — просила она.

Бабочки летали по всему ресторану, официанты улыбались.

Других посетителей в это время в ресторане не оказалось.

Я сидел с закрытыми глазами, и когда журналистке уже пришлось отбиваться от бабочек, спросил, могу ли наконец уйти.

— Да, — выдохнула она.

— И вы помните наш уговор?

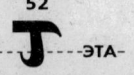

— Я могу написать ваше имя?
— Конечно нет. Прощайте.
— Я мечтала о вас всю жизнь! — крикнула журналистка мне вслед.

Я кивнул.

Я хотел посмотреть Хроники Акаши.

Хроники Акаши — не столько предсказание будущего человечества (хотя чаще всего люди, обладающие уникальными способностями, пользуются Хрониками Акаши именно в этих целях), сколько анализ предыдущих жизней данного человека и создание оптимальных условий для его духовного роста. Это анализ всех поступков человека.

Рассматривая Хроники Акаши, можно увидеть две возможности человеческой жизни: ту, которая могла бы быть, и ту, которая есть как результат некоторых действий человека. Меня интересовала жизнь горничной Гали.

Древний Рим.

Подслеповатое солнце следит косыми глазами за юркой тонкой фигуркой в белом, схваченном на талии платье. Девушка ловко пробирается мимо лавчонок равнодушных уличных торговцев и нищих, протягивающих обезображенные руки к её ступням, она искусно огибает дохлую кошку и коровье дерьмо, кричит что-то чумазой девчонке на другой стороне улицы. И наконец оказывается в своём дворе.

Она на минуту застывает на месте, украдкой поднимает глаза наверх, вправо. Он у окна. Он видит её, и она делает ему знак. Она прикладывает два пальца к своему правому плечу — это их язык, и он понимает его. Она ждёт его у себя. Он отвечает ей так же. Только в его жесте ещё больше нетерпения, ещё больше страсти. Его жест означает — жена ушла, и он сейчас придёт.

Она медленно поднимается по своим ступеням — никто из соседей не должен догадаться. Он приходит к ней через внутренний дворик. Он сжимает её в своих объятиях так, словно она станет вырываться. Она не станет. Она любит его.

— Бежим завтра! — говорит он.

Она отводит взгляд. Это должно быть его решение. Потому что это его жена и его дочь.

— Умоляю! Или я убью её! — Он становится на колени и обнимает её ноги.

— Бежим, — еле слышно говорит она.

— На рассвете. Ты не передумаешь?

— Я люблю тебя.

— И я тебя.

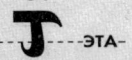

Она — это та, которую теперь зовут Галя. Его жена — это её ненавистная в этой жизни сестра, которая считает, что имеет право брать её вещи.

Я подошёл к окну.

Люди сидели за летними столиками ресторана, пили вино и не обращали внимания друг на друга.

Наталья Петровна распахнула перед Млеем огромные стеклянные двери.

— Добро пожаловать в твой офис, Муся! — провозгласила она.

Белая кожаная мебель, а на стенах — в чёрных матовых рамах — изображения самых лучших женских фигур планеты Земля. Тут и Мерилин Монро, Кейт Мосс, Гвинет Пэлтроу и Анжелина Джоли, Анна Семенович и Оксана Робски.

В узких стеклянных шкафах — колбы и коробочки со всевозможными органическими соединениями.

— Нам нужна легенда, — сказала Наталья Петровна. — То, что ты не знаешь, откуда берутся твои таблетки, нам не подходит.

Они зашли в кабинет Млея — над большим лакированным столом висел портрет президента России.

— Пусть посетители думают: с чего это здесь портрет президента? — улыбнулась Наталья Петровна.

— И что это будет за легенда? — спросил Млей.

Он сел за лакированный стол и придвинул к себе вазу с орешками.

Наталья Петровна забралась с ногами в кресло напротив. Её острые шпильки впились в тонкую кожу кресла.

— У тебя есть варианты? — поинтересовалась она.

— Может, это специальная еда инопланетян? — предположил Млей.

— Бред, Мусечка! — Её взгляд упал на портрет над столом. — Давай так: правительственная разработка. Но всё засекречено. Только для своих. Месячный курс — 60 тысяч евро.

— Ты же за неделю похудела! — удивился Млей.

— За неделю драть 60 тысяч евро неприлично. Мы будем твои таблетки совмещать, ну например с тёртой морковкой. Чем проще, тем лучше.

Телефон на столе Млея трескуче зазвонил.

— А это наш первый клиент! — Наталья Петровна вскочила. — Муся, ни пуха!

— К чёрту! — ответил Млей.


В кабинет зашла высокая полноватая женщина с резкими чертами лица и такими же резкими манерами. Улыбка остро разрезала её лицо, и она стала похожа на картину кубистов.

— Мусечка, познакомься! — пропела Наталья Петровна. — Это моя подруга Жанна.

Жанна села в кресло и закинула ногу на ногу так неловко, как, бывает, запутываются дворники на ветровом стекле.

— Девочки, только давайте без этой всей лажи про чудодейственные таблетки. Я просто хочу похудеть, как Наташка.

— Почему лажи? — обиделась Наталья Петровна.

— Я посвятила этому большую часть своей жизни, — неожиданно сказал Млей. — И мне неприятен тон, в котором вы говорите про мои разработки.

— Извините! — снова остро улыбнулась Жанна. — Вы в самом деле в такой удивительной форме, это достойно восхищения. Вы выглядите на 40, хотя вам наверняка за 60, а фигура просто молодой девушки!

Наталья Петровна с удивлением посмотрела на подругу — почему та решила, что юной Мусе 60?

— В общем, беру курс! — объявила Жанна. — Для себя и для Вовы.

— Правильно, он у тебя поднабрал в последнее время, — поддержала Наталья Петровна.

— Ну, этот вопрос мы быстро решим, — кивнула Жанна несколько угрожающе. — Я его уже предупредила.

— Жанночкин муж от неё просто без ума! — объяснила Наталья Петровна Млею.

— Девочки, вы, наверное, карточки не принимаете? — спросила Жанна.

— Нет. Только cash, — сказал Млей, аккуратно расфасовывая капсулы по стеклянным тюбикам. — Я надеюсь, вы хорошо относитесь к тёртой моркови?

δ

Владимиру Владимировичу Путину,

— проговорила она и вытянулась в кресле, словно по стойке смирно.

— Тссс! — Я приложил палец к губам.

Я пошёл в торговый центр «Барвиха Лакшери» купить какой-нибудь подарок Вове.

В Armani всё было слишком просто, в Prado — узко, в Brioni — смешно, а вот в Loro Piano я купил кашемировый пиджак и такой же шарф.

— Хороший выбор, — похвалил меня мальчишеский голос сзади.

Я обернулся.

Это был первый землянин, кроме скучающих продавцов, которого я встретил «Барвихе Лакшери». Хотя выйдя из гостиницы и пройдя всё это расстояние пешком я очень рассчитывал посмотреть на девушек с волосами светлыми, как ромашка, на которой не загадали любовь.

— Спасибо, — сказал я.

Он смотрел своими нахальными голубыми глазами на женщину, лет на десять старше его, и ему впервые было немного страшно попросить у неё номер телефона.

Мы вместе вышли из магазина.

— Хотите, я подвезу вас? Но вы, наверное, на машине? — спросил мальчишка, подходя к чёрному «Мерседесу», дверцу которого сразу же услужливо открыл охранник.

— Я пешком. Гуляю, — сказал я. И улыбнулся.

Мальчишка топтался у машины.

— Я Данила. — Он бесстрашно протянул мне руку, знакомясь.

— Мила, — сказал я. — Очень приятно.

Охранники Данилы вежливо смотрели в сторону.

— Знаете, у меня есть фото Loro Piano с миланского показа. Хотите, перешлю? — спросил Данила.

— Хочу, — улыбнулся я.

— Оставите свой адрес?

— Я его не помню, у меня такая дырявая память! Я вообще-то не продвинутый юзер... — Я развёл руками.

— Ладно. Я позвоню, хотите? И вы скажете мне свой адрес! — Данила уже явно чувствовал себя «в своей тарелке» (выражение землян, ничего общего с космическим кораблём).

— Я позвоню сама, — сказал я. Во-первых, я старше. Во-вторых, у меня нет телефона.

Ему, кажется, даже пальцами щёлкнуть не пришлось, как охранник, положив листочек на капот, записал мне номер его телефона.

— Только обязательно позвоните! — улыбнулся мальчишка, и за ним захлопнули дверцу автомобиля.

У меня уже был подарок Вове, и теперь я пошёл купить себе телефон. Я перешёл дорогу и оказался в Dream House. Всё очень удобно устроено на Рублёво-Успенском шоссе.

Пожилой продавец скучал за прилавком. Маленькие гуманоиды рассматривали новые телефоны.

— Вот этот Nokia, — сказал я продавцу, показывая на последнюю модель. Последнюю — относительно всех остальных, произведённых на Земле.

Продавец посмотрел на меня и не мог сказать ни слова.

— Извините, а iPhone красного цвета есть? — подошла к нему девочка лет семи в рваных белых джинсах и кроссовках-роликах.

— Нет, — сказал продавец, не сводя с меня глаз.

— А заказать можете? — настаивала девочка.

— Можем. Оставь свой телефон. — Он вдруг засуетился, взял ручку, положил её, взял зачем-то свой телефон, убрал в карман.

— У вас есть мой телефон. Я — Настя, — сказала девочка удивлённо. — Закажете?

Продавец кивнул. Он видел перед собой свою жену. Нет, не ту, которая сегодня с утра готовит его любимый торт «Наполеон» — к завтрашнему дню рождения. А ту, с которой познакомился двадцать лет назад, которая научила его грести вёслами на лодке в Парке Горького, которой он выиграл тогда здоровенного розового медведя в тире. Этот медведь до сих пор занимает почётное место на диване в их гостиной.

— Да-да, конечно! — засуетился продавец и скрылся в подсобке.

— Вот! — Он принёс для меня коробку с телефоном и открыл её. — Хорошая модель. И клавиши удобные, эсэмэс легко писать. Вам чёрного цвета? У нас ещё серебристый есть...

— Мне лучше серебристый, — сказал я и опустил глаза.

Я заплатил.

— Я оставлю вам свою визитку — позвоните, если что. Может, с меню надо будет помочь разобраться, или неисправный... но тогда мы вам его обменяем...

Я взял визитку.

— Я вам здесь ещё свой мобильный напишу. — Он выхватил визитку у меня из рук.

— Спасибо.

Уже у стеклянных дверей я обернулся.

— Я позвоню, — пообещал я.

Продавец молча кивнул и плавно переместился на стул — как будто только что преодолел состояние невесомости.

Мне нужна была телефонная карта.

Девушка, продающая карты, не отрывала взгляда от книги. Она машинально кинула мне пакет МТС и за всё время моего пребывания в конторке отвлеклась лишь на секунду, когда пересчитывала деньги.

— Всего доброго! — очень вежливо попрощалась она, не поднимая головы.

— Всего доброго, — сказал я и огляделся вокруг.

Напротив, в ресторане Correa's сидели люди, занятые обедом и друг другом. Официантки болтали между собой и хихикали.

Наконец я заметил верный вариант. В стеклянном окошке обменного пункта сидела рыжеволосая девушка в велюровом спортивном костюме от Маши Цигаль и уныло разглядывала проходящих мимо людей.

— Сто долларов поменяете? — Я положил купюру в лоток.

Девушка громко ахнула.

— Владимир Владимирович Путин! — проговорила она и вытянулась в кресле, словно по стойке смирно.

— Тссс! — Я приложил палец к губам.

— Да-да! — Она понимающе кивнула, громыхнул обменный лоток, она взяла купюру и по инерции поднесла её к рентгену.

— Ой, что это я?! — спохватилась она и, обожающе глянув на меня, принялась пересчитывать рубли.

Она бросила их в лоток, но, видимо, тут же пожалев, что сделала это так быстро, хотела схватить обратно, однако деньги были уже с моей стороны.

Я погрозил ей.

Она покраснела.

Я положил деньги в карман спортивной куртки Pilot.

Девушка бессмысленно улыбалась.

— Я ещё зайду, — пообещал я.


Мы лежали с Галей в постели в моём номере.

— Я люблю тебя, — сказал я.

Она погладила мою лысую трепанированную голову.

— Всё это похоже на сон. Так в жизни не бывает, — прошептала она, и маленькая слезинка выпала из её левого глаза.

— Бывает, — сказал я. — Ты родишь мне ребёнка.

— Мальчика... — прошептала Галя.

— Лучше девочку, — ответил я. — Девочка перспективней. Девочка родит ещё одну девочку.

— Мальчика и девочку, — счастливо засмеялась Галя.

— Двух девочек, — сказал я.

— Какой ты вредный! — Она поцеловала меня в губы.

— Я люблю тебя, — сказал я.

Она закрыла мне рот рукой.

— Молчи. А то я всё время боюсь, что ты сейчас растаешь, или испаришься, или ещё как-нибудь исчезнешь. Я так счастлива, что не могу в это поверить.

— Я не исчезну. И ты будешь со мной.

Она обняла меня за шею и крепко ко мне прижалась.

— Знаешь, у меня был молодой человек, — сказала Галя. — Я просто не хочу тебя обманывать.

Я слушал, поглаживая её по руке.

— Он очень хороший и тоже любит меня. — Она заглянула мне в глаза и кокетливо улыбнулась. — Он знаешь как за мной ухаживал! Ого-го!

— Как я? — Я сделал вид, что ревную.

— А ты разве ухаживал? — хихикнула Галя. — Я в тебя с первого взгляда влюбилась!

— А в него?

Она покачала головой.

— В него нет. А он приходил и дебоширил — он гуляка. И пьёт много. Вернее, обычно не очень много, а когда поссоримся — очень. У него гены: родители алкоголики, и с этим уже ничего не сделаешь.

— Я понял, — сказал я.

— Но ты меня не разлюбишь из-за этого? — капризно спросила Галя.

— Я тебя никогда не разлюблю, — пообещал я.

— Скажи ещё раз.

— Я тебя никогда не разлюблю.

— Я познакомлю тебя со своими родителями! — улыбнулась Галя. — Только надо, чтобы Коля о тебе ничего не узнал, а то он убьёт нас. — Она сделала страшные глаза.

— Его зовут Коля? — спросил я.

— Ага. И с сестрой познакомлю — пусть завидует. — Она встала на кровать и гордо закинула голову: — Познакомься. Это — олигарх! И мы любим друг друга!

Она расхохоталась.

— Тебе надо с ней помириться, — сказал я.

Галя снова юркнула под одеяло.

Я положил руку на её живот.

— Может быть, там уже завелась наша девочка? — спросил я.

— Нет, —вздохнула она, — сегодня невозможно.

— А когда?

— Через три дня.

— Хорошо.

— А как мы её назовём?

В дверь постучали. Галя быстро накрылась одеялом с головой.

— Вечерний сервис! — раздалось за дверью.

— Попозже! — крикнул я и освободил Галю из-под одеяла.

— Я побежала! А то меня сейчас хватятся! — Галя быстро натягивала на себя форменное платье с белым передником.

Я смотрел на неё и думал о том, успею ли я её полюбить или уже нет. Когда дверь за ней захлопнулась (после долгого и нежного поцелуя) я решил, что полюблю её в тот момент, когда она забеременеет.

Через три дня.

Им — мало встретить свой идеал, им ещё надо, чтобы идеал был в тренде

Forbes

Млей сидел в своём кабинете и с удовольствием поглощал пиццу диабло с острыми колбасками. Ему привозили её в офис каждый день ровно в четыре.

Он запивал её большими глотками кока-колы.

На столе зазвонил телефон.

Млей взял трубку жирными фиолетовыми пальцами.

— Муся! Как дела? — раздался голос Натальи Петровны.

— Нормально. Восемь посетителей — три женщины и пятеро мужчин. — Млей облизал грязные пальцы.

— Все взяли? — уточнила Наталья Петровна.

— Один сказал, что проконсультируется со своим врачом.

— Это кто такой умный?

Перед глазами Млея возникла голографическая картинка жеманного мужчины в вышитой рубашке.

— Фамилия Котов, — сказал Млей.

— А, режиссёр, Жанкин друг, никуда не денется, придёт! У него сейчас любовник молодой, ему в форме надо быть. — Проконтролировав рабочий процесс, Наталья Петровна заговорила о главном: — К тебе сейчас Любочка приедет. Она из очень модного гламурного журнала. Дашь ей интервью, Муся. Реклама — двигатель торговли.

— Окей, — сказал Млей, распечатывая коробку с зефиром в шоколаде. Он видел его рекламу по телевизору.

— Про тебя напишут в журнале, и, между прочим, это круто, — обиделась Наталья Петровна, не услышав от подруги слов благодарности.

— Почему круто? — уточнил Млей.

— К тебе будут подходить на улице и с тобой фотографироваться. Хотя, конечно, не после первой публикации. Хватит там жевать!

— Я не жую! — послушно выплюнул зефирину Млей.

— В общем, это круто. Тебе все будут завидовать!

— У меня вторая линия, — сказал Млей и, когда Наталья Петровна отключилась, быстро и с удовольствием доел оставшийся зефир.

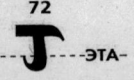

Журналистка оказалась надменной девушкой в костюме Chanel.

Млей решил, что ему пора немного поработать, потому что Тонисий был им уже недоволен. Он отправил два отчёта на Тету.

Тета пока не отреагировала.

— Мне нужна Мила, хозяйка компании. У нас договорённость на интервью, — сказала девушка глядя на симпатичного молодого человека в стильном сером костюме Paul Smith и в шейном платке Hermes. «Никогда бы не подумала, что это сочетающиеся вещи», — удивилась она про себя.

— Да-да, я знаю, — сказал Млей, — но руководство поручило это мне. Позвольте представиться — директор по рекламе и маркетингу Валерий... впрочем, можно просто Валерий.

Конечно, она бы предпочла общаться с хозяйкой. Директор по рекламе — явно не её уровень. Но этот Валерий такой симпатичный... И вроде не лох... А даже наоборот... Как будто она уже где-то его видела... И так одевается со вкусом!

— Ладно, — решила она и достала из золотой сумочки Yves Saint Laurent помятый блокнот на пружинках. — Расскажите про ваши чудодейственные таблетки.

— Это инновационная технология, — начал Млей.

Она слушала его, делая пометки в своём блокноте.

«А ведь он меня клеит, — думала она, делая заинтересованное лицо, — совершенно явно клеит... А зачем нам директор по рекламе? И маркетингу? Но он мне нравится... да-да, определённо нравится... пожалуй, я бы с ним переспала... ведь не обязательно всем говорить, что он директор... да и вообще не обязательно всем про него говорить...»

— Понятно! — Она захлопнула блокнотик. — И что, прямо-таки всем помогает?

— Всем, — кивнул Млей.

— И мне бы помогли? — улыбнулась она.

— Вам не надо, — улыбнулся Млей. — У вас идеальная фигура. Даже ещё парочка килограмм вас бы не испортили, но такие медикаменты мы не производим. — Он развёл руками.

— Я сама как-нибудь справлюсь, — рассмеялась журналистка.

«Молодец, — подумала она. — Небось, баб... полным-полно. Лохушек каких-нибудь...»

— Я вам позвоню, текст заверить. — Она встала.

— Можно не заверять, вы же от себя ничего не станете придумывать! — Млей махнул рукой.

Журналистка на секунду замерла.

— Просто так принято. Я позвоню, — сказала она.

— Бесполезно, — сказал Млей, глядя ей прямо в глаза.

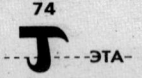

— Почему же? — медленно спросила она, чувствуя, что начинается какая-то игра. А в играх ей не было равных.

— Потому что я хочу любить. И мне нужны дети. А вы умрёте через месяц. — Млей встал и цинично пожал плечами.

Она расхохоталась.

— Для вас, вы имеете в виду? Ну так месяц тоже большой срок. А что касается детей — давайте обсудим. — Она направилась к двери. — Так я позвоню. Ждите.

Млей снова пожал плечами. Два раза перевернулся в кресле.

Она вышла, не оборачиваясь.

Он протянул руку к компьютеру. Набрал на клавишах «Odnoklassniki.ru».

Позвонил Тонисий.

— Это мой номер телефона, — сказал я Млею в телефонную трубку.

— Окей, — ответил Млей.

— Что делаешь? — спросил я. — Раздаёшь людям таблетки или работаешь?

— Не раздаю, а продаю.

— В чём разница? Лично для тебя?

— Если я стану их раздавать, люди не станут их пить. Если они не станут их пить, то не начнут худеть. Не начнут худеть — я не разбогатею.

— Млей, у тебя денег ровно столько, сколько тебе надо, — сказал я прописную истину. С этой истиной, как и со всеми остальными знаниями, мы появлялись на свет на планете Тета.

— А кто решает, сколько мне надо? — спросил Млей. — И потом, если я не разбогатею, про меня не напишут в Forbes. А если напишут — тогда любая женщина Земли будет моей.

— Ты уверен? — спросил я на всякий случай.

— Абсолютно. И ты должен помочь мне.

— Я не отдам свои капсулы.
— Ты дурак, — сказал Млей.
— Что? — не понял я.
— Что слышал. — Млей положил трубку.
Я взял подарок и отправился к Вове.
— Куда? — спросил охранник в будке, словно видел меня впервые.
— К Вове, — сказал я.
Он с кем-то переговорил по телефону.
— Ждите здесь, — сказал охранник.
Через несколько минут в воротах показалась Вовина машина. Мне открыли дверь.
— Я принес тебе подарок! — сказал я, когда сел.

Машина тронулась.
— Подарок? — Вова нахмурился и удивлённо посмотрел на меня.
— Вот. — Я достал из пакета кашемировый шарф, потом свитер. — Нравится?
Вова развеселился. Он откинулся на сиденье и, прищурившись, смотрел на меня.
— Я тебе говорил, что ты похожа на Анжелину Джоли? — Он положил руку мне на колено.

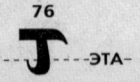

— Мне все говорят, — улыбнулся я.
— Вылитая! — воскликнул Вова. — Только помоложе! Как в этом фильме... как его...

Он сгрёб меня в охапку, не обращая внимания на водителя и охрану.

— Тебе понравился мой подарок? — прошептал я.

— А хочешь надену? Прямо сейчас! — Он снял пиджак, скомкав, сунул его к заднему стеклу и натянул мой свитер.

— Красавец? — бодро спросил он.

— Очень, — ответил я, повязывая шарф на его короткую шею.

Он снова провёл рукой по моей ноге.

— А может быть, нам с тобой... — Он многозначительно посмотрел на меня.

— Давай, — согласился я.

— Ты не просто женщина! — заявил Вова. — Ты женщина-мечта. Хочешь, я тоже тебе что-нибудь подарю?

— Поцелуй, — попросил я.

— Не вопрос! — воскликнул он.

Машина въехала в железные ворота и остановилась у первого подъезда.

Вова кивнул охране, и те вышли вместе с водителем.

— Мы одни... — похотливо прошептал Вова, обнимая меня.

— Там же всё видно... — Я слабо сопротивлялся.

— Ничегошеньки не видно, — пообещал Вова, расстёгивая молнию платья.

— Я люблю тебя, — прошептал я.

— И я тебя! — Вова достал из кармашка переднего кресла презерватив.

— Зачем это?! — возмутился я, но Вова уже ничего не слышал.

Потом он сказал:

— Тебя отвезут домой, ладно, малышка? А меня тут ждут. Дела...

Я кивнул.

— Ну-ну, улыбнись! — Вова взял меня за подбородок. — Зато я пойду в твоём свитере, хочешь?

— Хочу, — кивнул я.

— Ну всё, всё! — Вова поспешно вышел, и водитель, уже без охранников, сел в машину.

— Куда? — спросил он, не глядя на меня.

— Рублёво-Успенское шоссе, — сказал я.

Мы молча тронулись.

В гостинице Млей разговаривал с администратором.

— Но мне удобно иметь Интернет в номере, — говорил Млей не разжимая губ, как мы обычно говорим меж собой.

Администратор смотрела в его фиолетовое лицо и злилась.

— Мастер может придти только завтра. Вот, не могу объяснить вашему товарищу, что это невозможно, — обратилась она ко мне, словно за помощью.

— Хорошо. Мы подождём до завтра, — сказал я.

В номере я спросил Млея:

— Зачем тебе Интернет?

Нет такой информации, которая была бы недоступна нам с Млеем.

— Odnoklassniki.ru, — сказал Млей. — Ты не понимаешь землян. Им мало встретить свой идеал, им ещё надо, чтобы идеал был в тренде.

— В тренде — это значит в журнале Forbes? — спросил я.

— Да. Представь себе. И Odnoklassniki.ru — тоже тренд. Все сидят в «Одноклассниках»! — Млей был возбуждён. Я никогда не видел его таким.

— И перестань обзываться, — сказал я.

— Ладно. Не буду, — сказал Млей.

— Но раз уж нет Интернета, может, поработаешь? — Я достал две капсулы своего ужина и проглотил их. Млей неодобрительно за мной наблюдал.

— Вот номер телефона мальчишки, он влюблён во взрослую женщину. Ему с ней интересно, она может его чему-то научить. А ровесницы ему надоели. Он — плейбой и красавчик.

— Давай, — согласился Млей. — Данила? — произнёс он в трубку. — Да, это я.


Девушки в купальниках танцевали на барной стойке Shatush.

Данила пришёл с розочкой.

— Как это мило! — сказал Млей.

— Ты сама очень милая, — улыбнулся Данила.

— Никогда в жизни не ужинала с настолько молодым человеком! — Млей заказал страусиное мясо. Данила выбрал суши, водку с вишнёвым соком и кальян на воде.

— Надеюсь, я тебя не разочарую, — снова улыбнулся Данила.

— Окей. Я готова проверить.

Зазвонил телефон Данилы, но он не ответил.

— Куришь? — Данила протянул Млею одноразовый колпачок кальяна.

— Нет. Никогда не пробовала. — Принесли мясо и поставили перед Млеем. Он поблагодарил официанта. — Расскажи мне, чем ты занимаешься?

— Учусь, — пожал плечами Данила.

— А чем занимаются твои родители? — Млей заказал вторую порцию мяса.

— Как и все. Заколачивают деньги. Никогда не видел, чтобы девушки столько ели. Ты не на диете?

— Нет. — Млей рассмеялся. — Я была некоторое время на диете, но мне это надоело.

— Полетели со мной на Ибицу? Я заказал борт на послезавтра, и есть ещё одно свободное место. Хочешь? Будет неплохая компания. Зажжём.

— Не могу. Послезавтра я читаю лекцию.

Даниле очень понравилось, что его новая знакомая — искусствовед. Он даже повторил это слово вслух по слогам: ис-кус-ство-вед.

— Мой отец давно собирает современное искусство, и я, честно говоря, знаю все эти имена. Но абсолютно в этом не разбираюсь. — Данила выпил еще водки, и тоже с вишнёвым соком. — Не понимаю. Фигня какая-то.

Млей попробовал кальян. У него даже получилось пускать кольца.

— Хочешь, я прочту персональную лекцию? Только для тебя, — предложил Млей.

— Хочу. Очень. Я бы предпочёл серию персональных лекций. На любую тему. — Он многозначительно улыбнулся. — Поехали тусить?

Данилу радостно встречали в каждом московском заведении, девушки бросались ему на шею, целовали в щёку и что-то кричали в ухо, перекрикивая музыку.

Данила крепко держал Млея за руку.

Они переезжали из клуба в клуб уже большой развесёлой компанией. Многие молодые люди были с охраной, и поэтому они путешествовали по ночной Москве длинной нахальной вереницей из десятка автомобилей. Охранники распихивали толпу перед входом в клуб, и face control моментально распахивал перед ними двери.

— У тебя давно с Данилой? — спросила у Млея молоденькая девушка, забирая у него кальян.

Млей улыбнулся. И промолчал.

— Я с ним тоже встречалась. — Ей приходилось кричать. — Данила классный!

— Мне кажется, здесь многие с ним встречались! — крикнул Млей в ответ, не отдавая кальян.

Девушка пожала плечами.

— Многие встречались, а у нас было серьёзно! — закричала она.

— И что? — прокричал Млей.

— Ничего! Я в Лондон учиться уехала!

— И как Лондон?

— Круто! Но здесь веселей!

Они все оказались в огромной квартире «сталинского» дома на Тверской. Родители Данилиного друга жили за границей и поручили сыну её сдать. Он сказал матери, что сдал и регулярно получает за неё деньги, а сам устраивал здесь весёлые вечеринки. С кредитной картой отца он в деньгах не нуждался.

Данила взял Млея за руку и потянул за собой.

Закрыл на защёлку дверь в ванной.

Они долго целовались. Когда Данила начал расстёгивать платье, Млей сказал, что хочет домой.

— Перестань! Всё только начинается! — Данила не выпускал Млея из рук.

— Зачем ты это делаешь? У нас всё было так хорошо сегодня... — Млей пытался вырваться.

— Будет ещё лучше! Ты мне веришь? Или проверишь? — Данила уже практически стащил с Млея платье.

— Ты же не хочешь этого! — закричал Млей.

Он кусался и царапался. Он отпихивал Данилу, пытаясь добраться до дверной ручки. Он кричал. Данила зажимал ему рот и злился. Когда он скрутил руки Млея на спине и наклонил его голову в раковину, Млей перестал сопротивляться.

— Ну что ты ревёшь? — спросил Данила. Потом, застёгивая штаны и рассматривая в зеркале свои исцарапанные плечи, он возмутился: — Вот дура! Посмотри, что ты сделала!

Он надел рубашку. Протянул Млею его платье.

— Ну перестань реветь! Хочешь, пойдём завтра пообедаем? Одевайся быстрей! — В дверь уже стучали.

Млей вышел из ванной пошатываясь, в не до конца застёгнутом платье и с размазанной по лицу тушью. Вокруг танцевали и веселились девушки с молодыми людьми.

Млей стоял рядом с ванной, прислонившись к стене.

— На. Выпей. — Данила протянул Млею рюмку с прозрачной жидкостью.

— Нет, не буду, — отвернулся Млей.

— Выпей. — Данила запрокинул голову Млея и вылил ему в рот водку. — Ну вот. Сейчас успокоишься. Пошли потанцуем?

— Я домой, — сказал Млей.

— Да ладно, пошли! — Данила схватил Млея за руку и потащил за собой.

Пара танцующих девушек подвинулась, и Млей с Данилой заняли их место.

— Пойдём выпьем! — сказал Данила и снова потащил Млея за собой. В углу комнаты была устроена барная стойка. Данила выпил водки прямо из горлышка и протянул бутылку Млею. Млей сделал несколько больших глотков.

— Ты себя нормально чувствуешь? — спросил Данила, двигаясь в такт музыке. Пела Amy Winehouse. — Ты какая-то фиолетовая!

— Мне домой надо.

— Ладно. Спускайся. Мой водитель тебя отвезёт. Я позвоню. — Он чмокнул Млея в щёку.

Можно выпить только один бокал.

Потом способность гипноза и телепатии заметно снижается

— Меня изнасиловали, — сказал Млей.
— Как это могло произойти? — спросил я.
— В ванной комнате. — Млей сидел в кресле и смотрел в окно.
— Я не спросил где, я спросил как, — уточнил я.
— Он не хотел. И поэтому я сопротивлялся. — Млей не поворачивал голову в мою сторону.
— Если ты уверен, что он не хотел, то почему же он это делал? — спросил я.
Млей молчал.
— Почему? — снова спросил я.
— Я не знаю, — ответил Млей.

Ровно в восемь вечера, когда закрываются магазины в Dream House в Барвихе, я стоял у витрины и разглядывал ноутбуки и телефоны.

— Здравствуйте, — сказал продавец. Ему хотелось, чтобы эта чудесная девушка, так похожая на его жену в молодости, знала, что все эти дни он думал о ней каждую секунду, он представлял эту встречу, мечтал о ней и боялся её.

— Ты какой-то странный, — сказала ему накануне вечером жена, накрывая на стол.

— Я люблю тебя. — Он от души улыбнулся и поцеловал её в шею.

— Здравствуйте, — сказал я.

Продавец боялся начать разговор. Ведь он всего лишь продавец, а кто эта девушка?

Здесь, в этой местности, любая девушка — не просто чья-то жена или чья-то дочь.

— Хороший телефон вы мне продали. — Я улыбнулся. — Пользуюсь.

— Я рад. — Продавец топтался на месте.

— Может, прогуляемся? — предложил я.

— С удовольствием! — Его лицо расплылось в улыбке.

Мы вышли на улицу. Вся площадь перед торговым центром была уставлена машинами. Справа гудело шоссе.

— Да... — Продавец развёл руками.

— Давайте гулять между машинами! — предложил я.

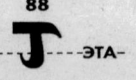

— Давайте, — радостно согласился продавец.

Мы медленно шли вдоль автомобильных рядов.

— А вы любите утку? — вдруг спросил я и рассмеялся.

— Люблю, — ответил он и тоже рассмеялся.

— А что ещё вы любите? — Я забежал немного вперёд и остановился у жёлтого Lamborghini.

— Я люблю... пироги! — Он улыбнулся, и ему казалось, что улыбаются не только его губы и глаза. Но и сердце, и печёнка, и лёгкие. И желтый Lamborghini.

— А я борщ! — закричал я.

— А я пельмени! — закричал продавец.

— А я звёзды! — хохотал я.

— А я дождь. И ветер. И море. — Он хотел ещё сказать: «И вас!» но побоялся всё испортить.

— А давайте отгадывать номера! — предложил я.

— Как это? — спросил он.

— Я закрываю вам глаза и говорю: «Чёрный Cayenne». А вы должны угадать одну цифру. Не угадали — вам щелбан, угадали — мне. Идёт?

— Идёт!

Я закрыл ладонью его глаза.

— Семёрка BMW!

— Два!

— Не угадали! Не угадали! — Я убрал ладонь и щёлкнул его по лбу. Снова закрыл ладонью ему глаза. — Bentley кабриолет!

— Три!

— Угадали! Я боюсь! Только не больно!

Он еле-еле дотронулся пальцем до моего лба.

— Спасибо, — сказал он, когда я собрался домой.

— И вам спасибо. Такой чудесный день.

— Да.

— Хотите, я вам ещё позвоню? — улыбнулся я.

— Конечно! — воскликнул он. — Я буду ждать!

Я пошёл в гостиницу пешком. Я не знал, у себя ли Млей. Эта история с изнасилованием... Я заметил сбой в его нервной системе. Непонятно, как получилось, что мы оба начали воспринимать все, что происходит на Земле, так, словно это единственная доступная нам реальность. Я позвонил со своего мобильного в гостиницу и попросил соединить меня с номером Млея.

— Алло, — сказал Млей.

— Ты не думаешь, что это произошло из-за меня? — спросил я.

— Нет, — сказал Млей.

— Но ведь это я отправил тебя туда, — сказал я.

— Нет. Это нас двоих отправили сюда. Ты здесь ни при чём, — сказал Млей.

— Хорошо, — сказал я. — Я возвращаюсь.

— Меня не будет. За мной заезжает Наталья Петровна. У неё что-то случилось. Я ей нужен, — сказал Млей.

— Нам не нужна Наталья Петровна, — сказал я.


Наталья Петровна сидела в машине пьяная и зарёванная.

— Едем к Жанке, — объявила она.

— Муся, что произошло? — спросил Млей, нежно обнимая Наталью Петровну за плечи. — Ты сегодня такая красивая...

— Очень красивая! — всхлипнула Наталья Петровна и неожиданно заголосила: — Он себе бабу молодую завёл! Козёл, подонок!

— Да ладно! Ты точно знаешь? Может, это неправда? И несерьёзно?

— Несерьёзно?! — Наталья Петровна оттолкнула Млея и повернулась к нему всем корпусом. — Она беременна!

— Как? Ты же говорила, что это невозможно!

— Откуда я знаю, как?! — Она снова заплакала. — Откуда я знаю?! Но она уже всей Москве сообщила, что беременна. Представляешь?

— Ужас! — согласился Млей. — Бедная ты моя...

— Но это невозможно! — закричала Наталья Петровна. — Его лучшие врачи мира осматривали! Невозможно, понимаешь?!

— Да... — вздохнул Млей. Они въехали в ворота дома, где жили Жанна с Вовой. — Просто чудо какое-то...

— Я не верю в чудеса, — сказала Наталья Петровна неожиданно спокойно. — Я слишком долго живу на земле. Не верю.


Жанна ждала их в гостиной, наблюдая, как дочка играет со своим товарищем из детского садика. Его только что вместе с няней привезли в гости на два часа.

Водитель с охранником ждали карапуза на улице. Няня была тут же, скромно присев на краешек дивана в углу.

— Выпьете что-нибудь? — спросила Жанна подруг.

— Бокал шампанского, — попросила Наталья Петровна и села на пол, к малышам.

— Мне тоже, — сказал Млей.

Жанна вышла.

— Я поняла, как надо обращаться с мужчинами, — сказала Наталья Петровна. — Как с детьми.

Мальчик ударил её по лицу своей пухлой ладошкой.

— Ах, ты ударил меня?! — делая вид, что сердится, спросила Наталья Петровна и слегка шлёпнула его по попе. — И я тебя ударю!

Мальчик надулся.

— Не нравится? Тогда и ты меня не трогай. Договорились?

— Договоились, — согласился малыш. — Покажи телефон!

Наталья Петровна протянула ему свою трубку, но когда он уже хотел взять её, резко спрятала руку за спину.

— Я тебе покажу телефон, если ты пообещаешь меня слушаться. Идёт?

— Идёт, — кивнул мальчишка, немного подумав.

— Тогда вытри нос!

— Дай платок, — попросил он няню, и когда она дала ему бумажную салфетку, старательно высморкался.

— Молодец. Теперь я покажу тебе телефон.

Мальчик увлечённо начал нажимать на кнопки телефона в поисках игр.

— Ну вылитый мой муж! — сказала Наталья Петровна.

— Тоже не хотел сморкаться? — посмеялся Млей.

— А ты что, забыла про тренажёрный зал? — улыбнулась Наталья Петровна. Настроение её явно улучшилось.

Жанна принесла шампанское.

Млей уже знал, что ему можно выпить только один бокал. Потом способность к гипнозу и телепатии заметно снижается.

Мы будем **п**играть в любовь.

— И какие же правила в этой игре?

— возможны варианты.

— На старте двое.

— А на финише —

—ТЕТА

Когда в номер пришли настраивать Интернет, Млей лежал на кровати и придумывал, под каким именем ему зарегистрироваться в Odnoklassniki.ru.

— Фотографию размещать не буду, — сказал Млей. — Все крутые висят там без фотографий.

— Все крутые? — спросил я.

— Ну да, политики, звёзды шоу-бизнеса. Пожалуй, я назовусь Иванов, и без фотографии — это очень интригующе.

— Ну всё, готово, — сказал мастер.

— Спасибо, — сказал я.

Сегодня в гостинице была Галина смена. И тот самый день, когда зачатие возможно — по её словам.

— Я подаю в суд, — сказал Млей.

— Что?! — спросил я.

— В суд. Статья «изнасилование», — сказал Млей.

— Ты не можешь, — сказал я. — Ты не гражданин этой страны. И не гражданин никакой страны на этой планете. У тебя нет прав.

— Я подаю в суд. Это решено, — сказал Млей.

— Нет, — сказал я.

— Знаешь, — Млей подошёл ко мне почти вплотную, — если я не окажу противодействия, в моём энергетическом поле появится отрицательный ритм. Я не хочу, чтобы меня постоянно насиловали.

— Наша экспедиция окажется под угрозой провала, — сказал я.

— Я подам в суд, — сказал Млей и снова улёгся на кровать.

— Ты будешь регистрироваться в Odnoklassniki.ru? — спросил я после того, как мы немного помолчали.

— Нет, — сказал Млей не поворачивая головы.

Я проглотил свои капсулы и пошёл к себе в номер.

Дверь напротив распахнулась и из номера вышла молоденькая девушка. Она увидела меня и замерла. В глубине комнаты, на большой двуспальной кровати, откинув одеяло, спал обнажённый мужчина.

Я улыбнулся.

— Извините, — пробормотала девушка, — просто вы так похожи на моего отца.

Она наклонила голову и быстро-быстро пошла к выходу, стараясь не встречаться взглядом с администратором, которая разговаривала по телефону, разгадывая кроссворд.

Я зашёл к себе в номер. Галя была уже там. Она сосредоточенно мыла раковину.

— Привет, — промурлыкал я и обнял её сзади.

Галя не останавливаясь терла и без того белоснежную раковину.

Я поцеловал её в мочку уха.

— А почему мы такие злючки сегодня? — прошептал я.

Надо было купить цветы. Все женщины на Земле любят цветы и дуться.

— Мы не злючки, — сказала Галя и отложила щётку.

— Тогда в чём же дело? — Я продолжал улыбаться, заглядывая ей в глаза.

— Ни в чём. Я работаю. А ты мне мешаешь. — Галя взяла ведёрко и прошла в гостиную.

— Камин не желаете разжечь? — спросила она, повернувшись ко мне спиной.

— Да в чём дело-то?! — закричал я.

Она поставила ведро и уставилась в пол.

— Я выхожу замуж. За Колю, — сказала она, и две слезинки скатились по её лицу прямо в ведро.

— Почему? — не понял я.

Она молчала и плакала.

Я тоже молчал. И не знал — надо ли плакать мне тоже.

— Извини меня, — проговорила Галя.

— Но ты же не любишь его! — сказал я.

Она упрямо качнула головой.

— Он меня очень любит. Очень. И я ему нужна. Он пропадёт без меня. — Она подняла на меня свои заплаканные глаза.

— Но я тоже очень люблю тебя, — сказал я.

— Зачем я тебе? Ты такой умный. Такой красивый и богатый. С тобой я чувствую себя дурой. — Она слабо улыбнулась. — И ты всё равно меня бросишь. А он — нет. Если я не выйду за него, он может и руки на себя наложить.

— Дура! — закричал я и вспомнил Млея. — Это все потому, что меня нет в списке Forbes?

— Я, честно говоря, думала, что ты есть, — удивилась Галя.

— Значит, это потому, что я не зарегистрирован на Odnoklassniki.ru? — спросил я.

— Я знаю, что ты не зарегистрирован. Я проверяла. Но при чём тут это? Неужели ты не понимаешь? — Галя перестала плакать и была совершенно спокойна.

— Нет, — сказал я. — Не понимаю.

— Может, погуляешь, пока я уберусь? — Она виновато посмотрела мне прямо в глаза.

— Дура! — снова закричал я. — Какая же ты дура!

— А ты тут не обзывайся! — закричала Галя и взялась за швабру. — Думаешь, если олигарх, то всё можно?! Нет! Ошибаешься!

Она размахивала шваброй, а я пятился к двери.

— Пошёл вон отсюда! — кричала Галя, и я нащупал ручку двери за своей спиной. — Отправляйся к своим моделям! Козёл!

Я был рад оказаться в коридоре.

Администратор скользнула по мне равнодушным взглядом.

Млея в номере не оказалось.

Он сидел в своём офисе и нахально разглядывал журналистку из гламурного журнала. Ту, которой жить осталось один месяц.

Любочка была одета в элегантные брюки песочного цвета и лёгкое кашемировое пончо.

— Здравствуйте, — сказала она и уселась в кресло, не дождавшись приглашения. Закинула ногу на ногу.

— Здравствуйте, — сказал Млей, цинично улыбаясь.

— Вы думаете, я вам текст принесла заверить? — Любочка покачивала ногой в чёрной лодочке.

— Нет, не думаю. Я же не идиот. — Млей всё так же улыбался, нагло разглядывая посетительницу с ног до головы.

«Я в нём не ошиблась», — подумала Любочка.

— И правильно. Зачем нам играть в «кошки — мышки»? — Мысленно она закончила фразу так: «Ведь кошка всегда я».

— А во что же мы будем играть? — лениво поинтересовался Млей.

— В любовь. Мы будем играть в любовь. — Она сделала большие наивные глаза и часто-часто похлопала ресницами.

— И какие же правила в этой игре? — Млей повернулся в крутящемся кресле.

— Это игра без правил, — в тон ему ответила Любочка.

— Количество участников, я надеюсь, не ограничено? — Млей улыбаясь смотрел ей в глаза.

— На старте двое. А на финише — возможны варианты. — Любочка явно получала удовольствие от диалога.

— А мне это зачем? — спросил Млей.

— Просто чтобы было, — пожала плечами Любочка. — Часто в эту игру играют низачем.

Они играли в любовь прямо на письменном столе Млея. Звонки потенциальных покупательниц, желающих срочно похудеть, оставались без ответа.

Потом они заказали пиццу диабло. Млей съел все острые колбаски.

— Ешь, ешь, я воздерживаюсь от острого, — разрешила Любочка.

— Хочешь жить подольше? — спросил Млей, набивая рот колбасками. — Не получится.

— Это мы ещё посмотрим.

От колы Любочка тоже отказалась.

— Я к тебе ещё заеду, — сказала она на прощанье.

Млей пожал плечами:

— Это твоя игра — не моя. Делай что хочешь.

«Посмотрим, — подумала Любочка и, довольная, села за руль своего BMW. — Нахал, конечно, и знает себе цену. Но в конце концов именно такие нам и нравятся».

Млей ещё несколько минут покрутился в своём кресле, а потом попросил секретаршу дать ему адрес Московского суда. И телефон самого лучшего адвоката.

**Если** у тебя есть таблетки для похудания,

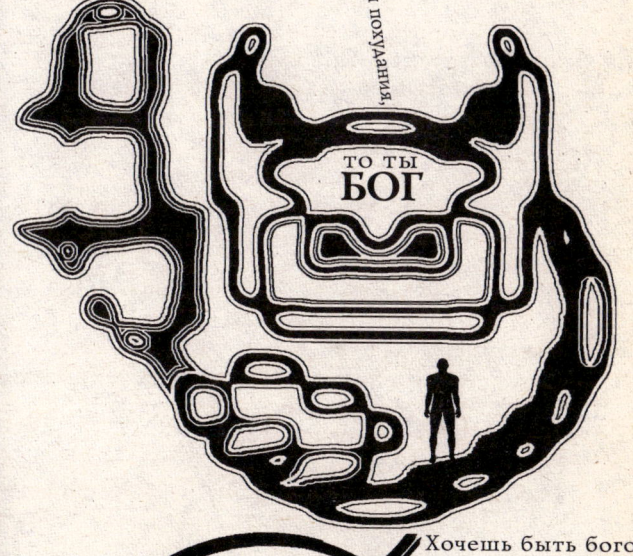

**то ты БОГ**

Хочешь быть богом?

Мои капсулы пропали.
Я сел в кресло, подождал какое-то время.
Снова проверил — капсул нет.
Это невозможно.
Я подошёл к окну и посмотрел в небо. Земля — планета больших невозможностей.
Снова посидел в кресле.

— Что-то потерял? — спросил Млей. Он уже несколько часов заводил себе друзей в «Одноклассниках».

— Да, — сказал я и снова подошёл к окну.

— И что же? — спросил Млей. — Не хочешь посмотреть фотографию Леночки из Нижнего Новгорода? Она мечтает познакомиться с космонавтом. Ты космонавт или не космонавт?

— Я астронавт, — сказал я, глядя в небо.

— Тогда Леночки тебе не видать! — обрадовался Млей.

— У меня пропали капсулы, — сказал я.

— Ничего не пропали, — сказал Млей. — Анатолию Петровичу из города Пермь, который почему-то утверждает, что учился со мной в одном классе, нужна моя фотография в стиле ню. То есть — голая.

— Пропали. Я уже три раза проверял, — сказал я, игнорируя ненужную информацию про Анатолия Петровича из города Пермь.

— Вот ты спорщик какой! — сказал Млей. — Говорю же, не пропали, значит — не пропали! И про Анатолия Петровича зря ты так: он тоже человек и, соответственно, тоже хочет любви.

— Где мои капсулы? — Я неожиданно резко остановился посередине комнаты. Млей оторвался от компьютера.

— У режиссёра Котова. Они ему нужнее, чем тебе.

Зазвонил телефон Млея.

— Да, это я, голубушка... — проговорил Млей в трубку. — Нет, нет и нет! Я вам уже всё объяснил!.. И не надо стоять передо мной на коленях... Нет... не надо плакать... Конечно, я позвоню вам, если мне что-нибудь понадобится... Целую. — Млей посмотрел на меня и пожал плечами: —

Если у тебя есть таблетки для похудания, то ты — бог. Хочешь быть богом? — спросил Млей.

— Верни мне мои капсулы, — сказал я.

— Ты хочешь, чтобы режиссёр Котов повесился? А ведь у него жизнь, можно сказать, только начинается — новый любовник! И новый фильм!

— Верни мне мои капсулы! — крикнул я.

— Между прочим, твой отец тоже режиссёр, — обиделся Млей. — Вот если бы он захотел похудеть, ты бы что, пожалел для него капсул?

Я подошел к ноутбуку, закрыл его, выдернул из сети и со всей силы швырнул его об пол.

— Отдай мои капсулы! — заорал я.

— Не отдам! — Млей смахнул со стола принтер, который нам тоже зачем-то установили. Принтер упал мне на ногу и потому не сломался. — У меня бизнес! Ты знаешь, что такое бизнес?! Ты! Одноклеточное!

— Ты украл мои капсулы! Ты — вор!

— Я — бизнесмен!

— Ты нарушил третью заповедь межгалактического путешественника! Тебя будут судить по законам Теты. — Я поискал глазами, что бы ещё бросить и сломать.

— Победителей не судят! — воскликнул Млей и отвернулся от меня.

— Победителей?! — возмутился я. — Да наша экспедиция на грани провала! А ты только и знаешь, что спекулируешь оборудованием! — кричал я.

— Тебе надо поесть... Хочешь, я закажу тебе борща? Хотя лично я начинал с японской кухни.

— Я не хочу борща! — снова закричал я и разбил об стену стул.

— Тогда я ухожу, — сказал Млей, — раз ты такой псих! И такой неблагодарный!

— Убирайся! — Я подбежал к двери и открыл её настежь.

Млей неторопливо побросал в камин разломанные части стула и, не глядя на меня, вышел.

Мне позвонил Вова.

— Что делаешь, крошка? — спросил он.

— Жду твоего звонка, — ответил я.

— Соскучилась?

— Очень!

— Могу пригласить тебя на ужин, — промурлыкал Вова.

— С удовольствием!

— Надень чулочки!

— И всё?

— Ха-ха!

Он прислал за мной машину. Машина припарковалась на Кутузовском проспекте, у торгового центра «Времена года». Ресторан на третьем этаже назывался «Asia Hall».

— Я твой Бред Питт, — заявил Вова.
— Привет, Бред! — сказал я, усаживаясь.
— Привет, Анжелина! Выпьешь?
— Нет, спасибо, Бред!
— Ну а я — выпью!

Вова заказал водку с вишнёвым соком и развернул меню.

— Что будем есть? — поинтересовался он.

Я молчал.

— Эй-эй! Анжелина! Крошка Энжи! — позвал он, пощёлкивая пальцами перед моим лицом.

— Унаги, — проговорил я с трудом.
— Хороший выбор! — Он улыбнулся официанту. — А мне — всё остальное!

Вова довольно расхохотался.

— Нравится? — спросил он, оглядываясь по сторонам.

— Нравится, — кивнул я, рассматривая на тарелке то, что называется «унаги».

— Я знаю, что вам, девчонкам, надо: поесть, а потом по магазинам! И не важно, Анжелина ты или просто Дунька. Так?

— Так, — согласился я и положил себе в рот немного риса.

Вкусно.

Хотя, конечно, сам я никогда бы не променял на него свои капсулы.

К Вове подошёл его охранник, шепнул что-то на ухо и протянул телефонную трубку.

— Да, дорогая, — проговорил Вова совершенно другим тоном. — На совещании, поэтому и отключил свой телефон... но я занят, дорогая...

Он сосредоточенно слушал, что ему говорили на другом конце провода.

— ...Нет, конечно, если хочешь, чтобы мы поехали к твоей подруге, я сейчас же освобожусь... просто.... — Вова, казалось, совершенно забыл о моём существовании. — Да, дорогая... Буду через несколько минут... Я знаю, что пробки... не волнуйся, пожалуйста... Нет! Нет! Нет! Как ты могла подумать?! Конечно, я никуда не буду заезжать! — Он отдал трубку охраннику и кивнул официанту: — Ещё водки и сока, только быстро. И счёт! — крикнул он ему вслед.

И только тут заметил меня.

— Неотложные дела, крошка, вынуждают меня покинуть тебя. — Он залпом выпил водку и кинул на стол кредитную карту.

— Конечно, милый, — улыбнулся я. — Я люблю тебя.

— Хотя... — Вова скользнул взглядом по моей фигуре... — Ты в чулочках?

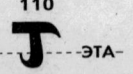

Я медленно кивнул.
— Но — нет! — решил Вова. — Не успею!

Он положил на стол небольшую пачку стодолларовых купюр.

— А насчёт магазинов — всё в силе. Купи себе, что захочешь! Окей?

— Спасибо. Но без тебя, конечно, будет не так здорово, — сказал я.

Вова довольно улыбнулся и потрепал меня по щеке.

— Покупай всё подряд, — сказал он. — Я тоже умею подарки делать, не только ты!

Он уехал, а я осторожно доел до конца порцию унаги.

Машина Вовы отвезла меня в гостиницу. Я очень торопился, хотел сдать шарики на анализ.

Все показатели были в норме.

Я позвонил администратору и попросил растопить мне камин, чтобы не выбрасывать разломанный стул.

— Сейчас пришлю печника, — сказала администратор равнодушно.

Лысый печник, с ушами, похожими на маленькие паруса, вошёл в номер и увидел прямо перед собой цирковую артистку в розовом трико, репетирующую на полу номер «женщина-кобра».

— Не помешаю? — спросил печник.

На самом деле я собирал с пола щепки.

— Нет, — сказал я.

И понял, что устал. Сил на работу не осталось.

Я на всякий случай ещё пару раз взмахнул ногой и удалился в спальню.

Огонь стрекотал, как кузнечики под моими окнами.

Я запер дверь, предварительно повесив табличку «Не беспокоить».

Я хотел посмотреть Хроники Акаши.

Меня интересовали предыдущие воплощения души человека, которого в этой жизни зовут Вова.

Атлантида.

Мощные крепостные стены столичного города Филия опоясывают каменистую землю, бывшую когда-то островом Ундал.

Полосатые тигры пасут бесцеремонные стада травоядных ящеров, а пленных лемурийцев доставили с корабля прямо на главную площадь. Собрались торговцы, женщины и зеваки.

Из всех пленных только один — это был лемурийский вождь — не стоял на коленях. Его длинные белые волосы клочьями лежали на плечах. Он смотрел прямо перед собой и словно не замечал столпившихся внизу громкоголосых атлантов.

— Этот мой! — услышал он голос в толпе, но даже не дрогнул. Хотя точно знал — решается именно его судьба.

Лемурийского вождя продали без торгов — так высока была первоначально объявленная цена.

Покупатель — зажиточный крестьянин из небольшого северного княжества — свистнул слуге, и тот накинул на шею лемурийцу верёвку. Они сели в повозку, запряженную львом, и медленно покатили в сторону моря.

Много тысячелетий спустя душа гордого лемурийского вождя поселилась в московском бизнесмене Вове. А тот, кто его купил, в одном из своих последующих воплощений стал его женой.

Я набрал номер Вовы.

Через два гудка он скинул мой звонок.

Я подождал немного и послал ему эсэмэску:

«Я люблю тебя, Вова. Твоя Анжелина».

Он ничего не ответил.

Я позвонил Млею.

Я звонил ему три раза подряд, но он не брал трубку.

Я позвонил ещё раз. Бесполезно.

Я подошёл к камину. Пошевелил огонь ножкой стула.

Набрал номер room-service и заказал борщ.

На улице стало темно. Отец говорил, что в это время солнца занимаются любовью под одеялом.

# 1

Вокруг неё на полу валялись части роботов, животных и автомобилей.

— Что ты хочешь найти?

— Маленького ребёночка...

Наталья Петровна раздала гостям по шоколадному яйцу «Kinder-Surprise».

— Нет! Мне поменять! Это не моё! — попросила Жанна и опустила своё яйцо в корзину. Выбрала другое, подумала, вернула его на место и взяла то, которое с краю.

— Я бы погадал на биржу! — рассмеялся Вова.

— Да, это сейчас гораздо актуальнее, чем судьба отдельно взятой личности, — согласился адвокат. Он был карликом в третьем поколении. И в третьем поколении юристом.

— Выберите мне яйцо, — попросил Млей адвоката, — потому что моя судьба в некотором роде зависит от вас.

— Ну уж, — адвокат добродушно рассмеялся где-то в районе талии Натальи Петровны. — От меня зависит только справедливость! И ничего более.

— Так, вскрываем наши яйца! — объявила Наталья Петровна, а горничная в чёрно-бирюзовой блузке и красных спортивных штанах подвинула на столе свечи, чтобы сервировать чай.

Все эти земляне видели Млея глазами Натальи Петровны. Даже Вова — тем более что одна Анжелина Джоли у него уже была... Млей положил шоколад на блюдце и открыл овальную пластмассовую коробочку. Вместе с инструкцией из неё выпали детали красной спортивной машинки.

— Муся, тебе действительно пора завести автомобиль! — улыбнулась Наталья Петровна. — Тем более, что ты можешь себе это позволить.

Самой Наталье Петровне попался дядя Фёдор из Простоквашина.

— Пора мне дом за городом построить, — решила Наталья Петровна.

У адвоката был инопланетянин, что еще больше расположило к нему Млея.

Вова разговаривал по телефону и своё яйцо не открыл.

У Жанны был сноубордист. Причём он мог своей пластмассовой рукой держать сноуборд.

— Не поеду зимой в Куршевель, — решила Жанна и посмотрела на мужа. — Открой яйцо! — властно сказала она.

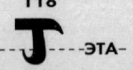

Вова положил телефон, послушно распаковал «Kinder-Surprise» и продемонстрировал всем фигурку ослика.

— Ну что тут ещё можно было ожидать? — улыбнулась Жанна.

— Я принесу торт! — спохватилась Наталья Петровна и вышла.

— Бедная, — вздохнула Жанна, когда подруга вышла из комнаты. — Так действительно с ума можно сойти.

— Да, — вздохнул Млей. — Ну и подонок этот её муж!

— А что случилось-то? — Вова посмотрел на жену. — Меня так срочно сюда привезли, что я ничего не понял.

Жанна и Млей, перебивая друг друга, рассказали Вове, что «моделька» Натальиного мужа, которая якобы была беременна, объявила, что у неё выкидыш. Причем потому, что Наталья Петровна якобы против неё наколдовала. Рассвирепевший муж, успевший поверить в своё предстоящее отцовство, позвонил жене и наговорил гадостей, угрожал и требовал развода.

— Так что не только Мусе, но и Наташеньке скоро адвокат понадобится, — вздохнула Жанна.

Вова без звука смотрел по телевизору футбол.

Наталья Петровна вошла с тортом.

— Ещё погадаем? — спросила она, улыбаясь.

— Муся, давай лучше выпьем! — сказала Жанна. — А ты даже можешь футбол вот так посмотреть? — Она повернулась к мужу.

— Могу, — признался он. — Давайте выпьем!

Домработница принесла виски, лёд и бокалы.

Жанна рассказывала анекдоты. Вова смеялся.

Адвокат уговаривал Млея не начинать дело об изнасиловании.

— Его отец, вы представляете себе, кто его отец? — спрашивал он. — Я же прекрасно понимаю, почему вы пригласили именно меня — больше никто не согласился. И не спорьте!.. А сын у него единственный, ради сына он готов на всё! — Адвокат многозначительно помолчал. — Найдут нас с вами где-нибудь в Москве-реке... Вот и вся справедливость.

Наталья Петровна молча пила виски и один за другим обдирала фольгу с киндер-сюрпризов. Вокруг неё на полу валялись части роботов, животных и автомобилей.

— Что ты хочешь найти? — тихо спросил Млей.

— Маленького ребёночка, — сказала Наталья Петровна не поднимая головы. — Знаешь, бывают такие забавные пухлые карапузики...

— Знаю, — вздохнул Млей.

Когда он вернулся в гостиницу, я караулил его у двери.

Вот его шаги на лестнице, вот в коридоре, вот он поздоровался с администратором...

Я распахнул дверь.

— Зайди ко мне, — сказал я.

— Я устал, — сказал Млей и вставил ключ в замочную скважину.

Мне пришлось применить силу, чтобы оказаться в его номере.

— Ты устал?! — сказал я. — Ты не работаешь, ты не можешь устать! Ты проводишь всё своё время, продавая таблетки или тусуясь с бесполезной для нас Натальей Петровной!

— Бесполезной? — Млей повернулся ко мне. — Неужели ты ничего не понял?! Людям не нужны их идеалы! Они им не верят! Наталья Петровна — единственная наша надежда! Рано или поздно я узнаю, что ей на самом деле надо. И тогда — вот он я! И вот он — удачный финал нашей экспедиции. А вот что будешь делать ты — я не знаю!

Млей — совсем как я недавно — подошёл к двери и открыл её настежь.

— Уходи, — сказал он.

— Я и сам собирался, — сказал я.

Внизу, в итальянском ресторане шумно праздновал свой сороковой день рождения продюсер известного в России девичьего коллектива. Зал был украшен шариками и улыбками.

Я хотел пройти мимо, но сначала кто-то попросил меня их сфотографировать, а потом с ними выпить.

Я сел за стол и попробовал спагетти с трюфелями в сливочном соусе. Вкусно.

Напротив выпивала девушка, чьими фотографиями был обклеен весь город.

Её волосы были как ромашки, на которых не загадали любовь. Она бы понравилась моему отцу.

— Все кругом врут, — сказала она.

Я пожал плечами.

— Вот вы тоже сидите здесь, такой симпатичный, и наверняка врёте. — Она чокнулась бокалом шампанского с кем-то воображаемым в воздухе.

— Для именинника звучит следующая песня! — раздалось со сцены.

— Я не вру, — сказал я.

— Вы хороший? — Она посмотрела мне прямо в глаза.

— Я не умею обманывать, — сказал я.

— И вы никогда не притворяетесь? — уточнила она. — Никогда не улыбаетесь, когда вам хочется плакать? Вы не расцелуетесь с человеком, которого презираете? Вы не...

— Только если это нужно для работы, — сказал я.

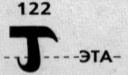

— Вот! — Она торжествующе подняла вверх указательный палец. — Для работы! Я и говорю: вы такой же, как все! Вы — ненастоящий! Вы так привыкли врать и притворяться, что уже забыли, какой вы на самом деле!

— Отстань от человека! — Девушку обняла её подруга, но та только отмахнулась от неё.

— Я не забыл, — сказал я.
— Не забыли? — Она сощурилась.
— Нет. Я знаю, какой я настоящий.
— Но вы боитесь, что об этом узнают и другие? — Она насмешливо скривила губы.
— Не боюсь. Я вообще ничего не боюсь. В отличие, например, от вас.

Она откинулась на спинку стула и вытянула вперёд свои длинные, на высоких каблуках ноги.

— Ну давайте, — сказала она.
— Что? — спросил я.
— Ну, раз ничего не боитесь... Покажите мне, какой вы на самом деле!
— Зачем вам это? — спросил я.
— А мне, может, будет легче жить, если я узнаю, что хоть кто-то есть настоящий.

Я молчал.

— А может, если я разгляжу что-то за этим модным костюмом, зубами за сто тысяч евро и убедительной дикцией, это тронет моё сердце! — Она насмешливо улыбнулась. — В вас когда-нибудь звезда шоу-бизнеса влюблялась?

— Нет, — сказал я.

— Ну? — подбодрила она, выпив ещё бокал.

Я ослабил вибрации, и ментальная волна девушки откатилась от меня, словно море во время отлива.

Она увидела перед собой невысокое существо с глазами и без носа, насыщенного фиолетового цвета.

— А! А! — закричала девушка и тут же принялась хохотать. — Розыгрыш! Это программа «Розыгрыш»!

Она профессионально улыбалась и крутила головой во все стороны, разыскивая камеру.

Ко мне подходили люди, хлопали меня по плечу, протягивали бокалы, хохотали и восхищались:

— Ну ты даёшь! Чистый инопланетянин!

Девушка в меня не влюбилась.

Она сидела, выпрямив спину и держа в руке вместо шампанского стакан апельсинового сока.

Кто-то схватил меня за руку и потащил на сцену.

Ведущий вечера, обаятельный молодой человек в тонких очках объявил:

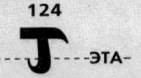

— А сейчас именинника хочет поздравить программа «Розыгрыш»!

Мне дали в руки микрофон.

— Далеко-далеко отсюда, там, где кончается Млечный Путь, — сказал я в микрофон, и люди замолчали, слушая меня, — расположено созвездие Лебедь — цивилизация любви. Это планеты говорящих цветов и лопочущих райских кущ. Их обитатели живут сколько захотят, не зная болезней и старости. Они сознательно реинкарнируются в теле вновь являющегося на свет лебедианца, а прежняя их оболочка тут же сгорает, как кожа царевны-лягушки. Так многие пары сохраняются тысячи лет, из воплощения в воплощение. Лебедианцы давно прошли все эволюционные круги и могли бы перейти в фазу бесплотных лучистых существ, но они не делают этого. Они хотят любить живой мир и друг друга. Я желаю имениннику встретить свою пару — такую, с которой хотелось бы прожить не одну, а тысячу жизней.

Приятно, когда аплодируют. На Тете нет такой традиции. Я решил, когда вернусь, обязательно введу её. Например, можно аплодировать после просмотра фильма моего отца. Хотя я никогда не хожу на эти просмотры. Но ему могут аплодировать другие.

Меня снова хлопали по плечу, называя «мужик» и спрашивая, где же съёмочная группа. А потом, с тысячей извинений, попросили уйти.

— Понимаешь, народ не расслабляется, когда здесь телевизионщики... — объяснили мне.

И я ушёл.

# К

Секс без любви бессмыслен, как бы нелепо это сейчас для тебя ни звучало.

Продавец увидел меня сразу, как только я подошёл. Казалось, он не сводил глаз со стеклянных дверей, ожидая меня.

Рабочий день закончился.

— Привет, — сказал я.
— Привет, — улыбнулся он. — А я ждал.
— Я знаю. Погуляем?

Мы вышли на улицу.

— Вы так долго не приходили, — сказал он.

Мы свернули налево, на Подушкинское шоссе, и пошли по узкой тропинке вдоль дороги. Тропинка была такой узкой, что нам приходилось идти очень близко друг к другу. Иногда продавцу становилось от этого неловко, и он краснел и отступал в сторону, шурша разноцветными засохшими листьями.

— Такая грустная осень в этом году, — сказал он.

— Да. Очень красивая, — улыбнулся я. — Хочется мечтать и плакать.

— Зачем же? — испугался продавец. — Плакать я вам не позволю. Вы такая необыкновенная, вы должны всё время улыбаться.

Я благодарно посмотрел на него.

Откуда-то из его кармана раздался мелодичный звон.

— Что это? — спросил я.

Продавец смущенно достал из кармана круглый серебристый предмет.

— Часы, — сказал он, словно оправдываясь.

Жена просила его после работы отвезти часы в ремонт на Горбушку: со старинным механизмом что-то случилось, и они звонили не каждый час, а когда им заблагорассудится.

— Красивые, — сказал я.

Мы целовались, и листья кружили вокруг нас в волшебном изумительном танце.

Я стал собирать букет из самых красивых, а продавец мне помогал.

Мы закалывали самые большие листочки так, что из них получались неведомые корабли и причудливые птицы.

Когда часы в кармане снова зазвонили, мы непроизвольно потянулись друг к другу.

— Мне кажется, что это мой первый в жизни поцелуй, — сказал он.

И тут же понял, что это неправда. Первый был двадцать лет назад. Но — с ней же. С этой же женщиной. Она точно так же морщит носик, как это делала та, двадцатилетняя. И так же хохочет, запрокинув голову. И так же нежно смотрит в его глаза. И у него так же, как тогда, кружится голова от пронзительного всепоглощающего счастья.

Снова зазвонили часы. Он закрыл глаза и целовал её. Хотя знал наверняка — если он глаза откроет, ничего не изменится — это всё равно будет она. И может быть, так же, как и его юная тогда ещё невеста, эта девушка быстро и как-то по-детски оближет верхнюю губу. Его жена всегда так делала после поцелуя.

— Ну, может быть... — прошептал продавец, глядя на меня.
— Я люблю тебя, — сказал я.
— И я тебя, — сказал он.
И опять зазвонили часы.


— Ты уже две недели не посылал отчёт на Тету, — сказал я Млею.

Млей молчал. Он уже несколько дней со мной не разговаривал. Он перестал со мной разговаривать после того, как сам же украл у меня капсулы. Я не находил логики в его поведении, и это был первый признак того, что его организм дал сбой.

— Ты сдавал шарики на анализ? — настойчиво спрашивал я.

Млей молчал.

Я ходил по комнате, и мой разум не подсказывал мне правильную форму поведения с Млеем. Мы оба устали на этой нервной Земле.

— Алло, — сказал Млей в телефон.

Это был адвокат, который сообщил, что папа Данилы предложил деньги, чтобы они забрали заявление из милиции. Он утверждал, что с милицией уже договорился, и проблемы не будет.

— Дело только за тобой, — сказал адвокат. — Я, конечно, понимаю нравственную сторону этого дела, но такие большие деньги говорят о том, что и раскаяние их огромно.

— Нет, — сказал Млей. — Я не хочу их денег.

— А что ты хочешь? — вкрадчиво спросил адвокат. — Ты понимаешь, что дела нам всё равно не выиграть? Ни один судья не вынесет приговор сыночку такого папаши!

— А чего же он тогда боится? Почему предлагает деньги?

— Репутация. Процесс скажется на его репутации и карьере. Этот Данила и так ему столько неприятностей организовал — вокруг него одни скандалы.

— Пусть он встанет передо мной на колени и извинится, — сказал Млей.

Адвокат молчал.

Я смотрел на Млея и не понимал его.

— Хорошо. Я передам, — сказал адвокат безнадёжным голосом.

— Почему ты это делаешь? — спросил я Млея. — Ты говорил, что подаёшь в суд, чтобы не зарождался отрицательный ритм. Но сейчас я вижу, что дело не в этом. Объясни мне, что с тобой происходит?

Млей молчал.

— Я составлю отчёт о твоём нестабильном состоянии, — сказал я и вышел.

Я отправил сообщение: «Налаживает контакты. Формула любви пока не составлена».

— А я думал, ты уволилась, — сказал я Гале, когда она зашла в мой номер со шваброй. — Тебя так давно не было.

Не поднимая головы, Галя вытирала пыль и выбрасывала мусор из корзины.

— Ты что, тоже со мной не разговариваешь? — спросил я.

Галя тряхнула головой, чтобы волосы не лезли в глаза, и я увидел её лицо — всё сизое от ушибов.

— Галя, что случилось?! — спросил я, но на всякий случай близко не подошел — помнил, как она замахивалась на меня шваброй во время нашего последнего разговора.

— Ничего, — пробормотала Галя.

— Ну ладно, — сказал я.

— Он с сестрой моей флиртовал! Вернее, она с ним!

— И что?

— Ничего.

Я кивнул.

— Он сказал, что я ревнивая дура, что ему сестра моя сто лет не нужна. И мы подрались.

— Галя, тебе надо полюбить твою сестру. Иначе это будет длиться вечность, — сказал я.

Она посмотрела на меня злыми заплывшими глазами.

Я решил, что лучше ей не мешать убираться.

— Всё будет хорошо, — сказал я и вышел.

И снова столкнулся в коридоре с той девушкой. И так же, как в первый раз, она ахнула, увидев меня. Вернее — увидев мужчину, похожего на её отца.

— Извините, — пробормотала она и убежала.

— Эники-беники ели вареники! — закричал я ей вслед. Чтоб она уж точно поняла, что я тот, кто ей нужен. И не убегала. Эту считалку она разучивала со своим папой, когда была маленькая. — Анечка-лапочка, скушала лампочку! — добавил я для пущего эффекта.

Но она не вернулась.

Млей сидел в своём кабинете и крутился в кресле.

Капсул оставалось не так много, даже вместе с теми, что он забрал у Тонисия. Ему не нравилось слово «украл». Это слово из лексикона Тонисия.

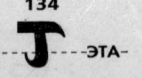

Но Млей не собирался бросать свой бизнес. По обороту денежных средств за последний месяц он стал самым крупным из всех частных предпринимателей России. Им уже интересовался журнал Forbes.

Надо было что-то придумать. Но что — Млей пока не знал.

Он даже пробовал не отсылать отчёты на Тету, чтобы там решили, что экспедиция провалилась, и прислали новую. С полным набором капсул. Но Тонисий как всегда всё испортил. Не то чтобы Млей собирался остаться на этой странной планете навсегда... Нет. Хотя...

— Тук. Тук. Тук, — громко сказала Любочка и появилась в дверях. На ней была строгая узкая юбка и пиджак, подчёркивающий стройный силуэт. — Не ждали?

— Нет, — ухмыльнулся Млей. — Ты ещё жива?

— Как видишь! — Любочка начала медленно раздеваться, покачиваясь в такт только ей одной слышной музыке.

— Вижу, вижу, — согласился Млей, положив ноги на стол.

Она пританцовывала и оставшись в одном белье, а потом приблизилась к столу и хотела было снять с Млея ботинки, но он опустил ноги на пол.

Не переставая улыбаться, она вопросительно посмотрела на него.

Он покачал указательным пальцем из стороны в сторону. Люди всегда так делают, когда хотят сказать «нет».

— Что это значит? — Она высокомерно подняла свои безукоризненные брови.

Млей пожал плечами.

— Не вижу смысла, — сказал он.

— Смысла? — переспросила она, изо всех сил скрывая свою ярость.

— Понимаешь, целые планеты вырождаются из-за этого, — сказал Млей.

— Из-за этого? — медленно повторила она.

— Секс без любви бессмыслен, как бы нелепо это сейчас для тебя ни звучало.

— Мерзавец! — прошипела Любочка.

Её, редактора самого модного журнала, её, перед кем открыты двери самых закрытых домов Москвы, её, роковую красавицу, из-за которой рыдают лучшие из лучших мужчин Европы, её, в одном белье и чулках, — только что слили.

Надо было красиво выйти из этой ситуации. И она вышла. Прямо как была. Не собирая вещи. Она гордо прошла мимо ошарашенной секретарши и спустилась вниз, к счастью, никого не встретив на лестнице.

Млей подкатил на своём кресле к окну и увидел, как Любочка, не обращая внимания на взгляды прохожих, садится в свой BMW. Она грациозно поправила зеркало, чтобы проверить, не стёрлась ли помада.

Не стёрлась. Вернее — не стёрли.

Млею позвонил адвокат. Папа Данилы хочет с ним встретиться.

— Зачем? — спросил Млей.
— Поговорить. Он уже послал за тобой машину.

Папа Данилы был спортивный мужчина с седыми висками и усталым взглядом. Он видел перед собой ту же самую прекрасную женщину, которая так заинтересовала его сына.

— Садитесь, — попросил он Млея. — Хотите чаю?
— Нет, — сказал Млей, оглядываясь вокруг.

Семья Данилы жила в пентхаусе в центре Москвы. Через огромные, до самого потолка окна был виден собор Василия Блаженного.

Папа Данилы молчал, и было видно, что ему нелегко начать разговор.

— Я очень люблю своего сына, — тихо сказал он и выставил руку вперёд, словно останавливая Млея. — Я понимаю весь ужас и всю подлость ситуации, в которой вы оказались. И я не стану рассказывать вам, какой он хороший мальчик. Да вы и не поверите... А может, я и сам в том не уверен. Но это не его вина, скорее — моя.

Он поднял глаза на Млея, Млей смотрел в окно.

— Одним словом, он — мой единственный сын. Его мама умерла... и... Я действительно люблю его.

— Я надеюсь, вы не станете снова предлагать мне деньги, — сказал Млей.

— Нет, — качнул головой Данилин папа. — Вы хотите, чтобы он извинился? Он сейчас сделает это.

Он вышел и через минуту вернулся с сыном.

Данила нахально посмотрел Млею в глаза.
— Извини, — сказал он.
— На колени, — сказал Млей.
— Ещё чего! — Данила посмотрел на отца. — Да она сама хотела! Что ты её слушаешь?
— Встань перед девушкой на колени и извинись! — сказал мужчина совсем не тем голосом, каким до этого говорил с Млеем.
— Да не буду я! Кто она такая?! — возмутился Данила.

Отец смотрел на сына тяжёлым холодным взглядом. Данила опустил глаза и сжал губы.
— В машину, — приказал отец. — Прокатимся.

Вместе с ними прокатились две машины сопровождения.

Млей никогда раньше не был на кладбище. Здесь люди хоронят свои тела.

Охранники подталкивали Данилу в спину, он зло огрызался.

Потом все ушли.

Остались только они втроём.

Больше действительно никого не было, потому что кладбище по ночам закрыто.

Отец Данилы достал пистолет и направил на сына.

— Ты что?! — попятился Данила.

Отец выстрелил сыну под ноги. Выстрел эхом разнесся по кладбищу.

— На колени! — сквозь зубы сказал отец. — Ты меня знаешь.

— Ты не можешь... — пятился Данила.

— На колени! — снова процедил отец.

— Не надо, — сказал Млей.

— А вы, барышня, помолчите! Если из-за вас я убью своего сына, вам тоже тогда не позавидуешь. На колени! — закричал он.

Данила медленно опустился на колени.

— Я ненавижу тебя! — сказал он отцу.

— Извиняйся, — кивнул отец.

— Извини, — произнёс Данила, не сводя глаз с отца.

— Не передо мной! Перед своей девушкой!

— Извини, — повернулся Данила к Млею.

Млей кивнул.

Отец Данилы развернулся и пошёл к машине.

— Довольна? — спросил Данила, когда фигура отца растворилась в темноте.

— Не знаю, — сказал Млей.

— Нам нужно найти механизм, — сказал Млей, и это были первые слова, которые я от него услышал за последние несколько дней.

Я даже обрадовался.

— Что ты имеешь в виду? — спросил я как можно более равнодушно.

— Механизм любви, — сказал Млей.

— Люди мечтают о ком-то, создают свой идеал, встречают его, влюбляются, занимаются сексом, рожают детей, — сказал я.

— Эта схема не работает. Люди не влюбляются в свой идеал.

Мы сидели в комнате Млея.

— А какая же работает? — спросил я.

— Не знаю. Но вот, например, отец и сын. Отец любит своего сына, но ведёт его на кладбище. И угрожает ему пистолетом. И, похоже, может его убить, — сказал Млей.

— А сын? — спросил я.

— Сын тоже любит своего отца. Иначе уже давно ушёл бы от него.

— Почему любит? — спрашиваю я. — Ведь наверняка его идеал — не тот человек, который готов его убить.

— Не знаю. Потому что отец даёт ему деньги.

— Возможно.

— Нам надо купить машину, — сказал Млей. — Пошли, я знаю, где они продаются.

— При чём здесь машина? — спросил я.

— Ты забыл, я уже говорил тебе: журнал Forbes, автомобиль и деньги — вот формула любви на Земле.

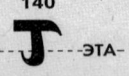

В «Барвиха Лакшери» мы купили красный автомобиль. Мы принесли деньги в портфеле, и продавец долго их пересчитывал на счётной машинке.

— Кстати, скоро придёт новый кабриолет, — сказал он нам, улыбаясь.

— Возьмём, — сказал Млей. — А где тут можно купить яхту?

Я выронил документы из рук.

— Через дорогу и чуть-чуть вправо, — бодро ответил продавец.

Млей кивнул.

Мы забрали машину прямо без номеров.

— Не беспокойтесь, — сказал продавец, — она такая единственная в городе. Если вас и остановят, то только из любопытства.

— Довольно примитивное управление, — сказал я, переключая скорости.

— Я бы забрал её с собой домой, — сказал Млей.

— Больше ты бы ничего не забрал? — поинтересовался я.

— Больше ничего, — вздохнул Млей. — Разве что борщ и шоколадные кексы. Ты пробовал?

— Нет. — Я отвернулся к окну. Я всё ещё был недоволен тем, что Млей украл у меня капсулы. Но теперь я по крайней мере понимал его — нам действительно нужно было прославиться, чтобы выполнить свою миссию на Земле. Можно, конечно, стать певцом, а не бизнесменом...

— А если стать певцом? — спросил я. — Как Тимати?

— Я уже думал, — ответил Млей, сворачивая к нашей гостинице, — но это слишком большой энергетический расход — держать под гипнозом целые стадионы фанатов. Не говоря уже о миллионах телезрителей. Мы не сможем.

— Жаль, — сказал я и сделал рукой несколько рэперских движений.

— Эй, чувак! — подхватил Млей. — Делай как я!

— Мы прилетели с другой планеты, — начал я читать рэп.

— Мы научились здесь жрать конфеты! — продолжил Млей, отбивая ритм рукой.

— Давай скорей размножаться с тобой! — пропел я.

— Я — твой герой! Я твой герой!

Последнюю строчку мы повторили хором два раза.

Ты не умрёшь. λ

Никогда.

Просто это будет жизнь в другом качестве.

И все эти мысли, попадающие на нижние подпланы, чаще всего думают... о плохом. О меркантильном, эгоистичном... мгновенно обретают мускульную плоть.

Вот почему... важно научиться... всегда думать только о светлом, радостном, хорошем...

Понимаешь?

Любочка рыдала в кабинете Млея.
— Откуда ты знал?! — повторяла она сквозь слёзы.

У Любочки диагностировали неизлечимую болезнь.

Она сидела на полу в своём безупречном белом брючном костюме и рыдала так некрасиво, как только может рыдать человек, узнавший о том, что скоро умрёт.

— Я чувствовал, — тихо сказал Млей.

Любочка почему-то всегда верила в земную справедливость: она работала с утра до вечера и добилась в жизни особого положения; она не покладая рук ухаживала за собой: массировала тело, питала лицо — и просто отлично выглядит, так почему же именно сейчас, когда, возможно, она впервые в жизни влюбилась, именно сейчас она должна умереть!

— Как это «чувствовал»? — Она подняла на него свои заплаканные несчастные глаза.

Млей хотел ей всё рассказать, он уже заготовил первую фразу: «Любочка. Я — инопланетянин», — но не стал. Он сел рядом с ней на пол и крепко прижал её к себе.

— Я умру? — спросила Любочка сквозь слёзы.

Млей кивнул.

— Я не хочу! Я не хочу умирать! — Она пыталась прижаться к нему всем телом, ей казалось, что она может спрятаться, укрыться в его объятиях — надёжно, от всех, и прожить вот так, тихонечко, без всяких беспокойств и без внешней мишуры. Ей бы так этого хотелось!

— Спаси меня! — попросила она.

Млей молчал.

И она снова впилась в него своими бездонными, как горе, глазами.

— Ты любишь меня? Ведь правда, любишь? — прошептала она, и Млей понял, что второй смертный приговор она бы уже не выдержала.

— Люблю, — сказал Млей. И поцеловал её в мокрый от слёз нос.

И Любочка заплакала ещё горше, потому что теперь она теряла на Земле не только свою жизнь, но и свою любовь.

— Хочешь, я тебя на машине покатаю? — спросил Млей.

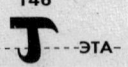

— Нет. Посиди просто со мной, — попросила она.

— Хочешь чаю?

— Я не хочу чай, разве ты не понимаешь?! — Она говорила так тихо, что если бы на месте Млея был обычный человек, он бы её не услышал.

— Ты придёшь ко мне на похороны? — Её лицо было таким мокрым, что слёзы уже не катились по нему, а, смешиваясь друг с дружкой, образовывали небольшие печальные озёра — в ложбинке на шее, на полу, на руке Млея.

— А как ты хочешь? — спросил Млей.

Она помолчала, а потом ещё крепче обняла его за шею.

— Приходи. Обязательно.

— Приду. И знаешь что?

— Что? — Она посмотрела на него с такой надеждой, что Млей отвёл глаза.

— Умирать не больно, — сказал он.

Она кивнула. С благодарностью.

— Я тебе расскажу, а ты мне верь. Хорошо?

— Хорошо. — Она снова всхлипнула.

— Ты не умрёшь. Никогда. Просто это будет жизнь в другом качестве. Проблема в том, что люди, попадающие на нижние подпланы, чаще всего думают, по инерции земной жизни, — о плохом. О меркантильном, эгоистичном. И все эти мысли мгновенно обретают мускульную плоть.

Никакого ада в тонких мирах не существует. Каждый умерший самостоятельно, своими помыслами строит себе отдельный ад или рай. Главный чёрт всегда и во всём — сам человек. Вот почему вам важно научиться на этом свете всегда думать только о светлом, радостном, хорошем. Понимаешь?

Она кивнула.

— Ты подумала: где мои руки? Ноги? Где мои белоснежные костюмы? И всё сразу появилось.

— Здорово! — улыбнулась она.

— А если ты подумаешь, например, о своей тяжёлой работе на заводе — и будешь целую вечность безрадостно спешить к скрежещущим станкам...

— Я не работаю на заводе, — сказала Любочка даже немного кокетливо. — Я люблю свою работу.

— Вот и хорошо, — похвалил Млей.

Любочка попросила его остаться с ней на ночь. На двух машинах они подкатили к гостинице.

Она уехала рано утром, на рассвете. Собиралась очень тихо, чтобы не разбудить Млея. На секунду остановилась перед письменным столом, но поборола в себе искушение оставить записку — всё уже было сказано, и решение принято. Это решение далось ей нелегко, и её любимый о нём никогда не узнает. Он должен её запомнить такой, какой видел сегодня ночью — земной, живой, красивой.

Когда стук её каблучков стих в коридоре гостиницы, Млей встал и запер дверь на ключ.

Ему надо было сдать шарики на анализ.

— Поехали на Ленинградку, — сказал я, заходя к Млею в номер.
— Зачем? — спросил Млей, изучая показатели. Они были в норме.
— Я прочел в газете, что Ленинградка — центр продажной любви. У нас же есть деньги. Значит будет и любовь. Так?
— Так, — согласился Млей.

Он сел за руль. Я и сам хотел попробовать управлять земным транспортным средством, но побоялся, что Млей снова не будет со мной разговаривать. И поэтому не стал спорить.

Мы так и ездили без номеров. И нас действительно никто не останавливал. Сначала я думал, что придётся настраиваться на ментальную волну каждого встречного гаишника — чтобы он видел свой идеал водителя, у которого все документы в порядке, и пропускал нас. Но Млей сказал, что феномен гаишника изучал Йоко из первой экспедиции, после своего провала. Идеальный водитель для гаишника — это тот, у кого нет ни одного документа, который только что выпил бутылку водки не закусывая, а утром получил зарплату.

Поэтому мы не прибегали к гипнозу, но спокойно путешествовали по городу. В новенькой, блестящей машине. Каких, если не соврал продавец, в Москве больше ни у кого не было.

— Смотри, — сказал Млей где-то в середине Ленинградки, — это гражданин Сириуса!

На обочине дороги стоял типичный сириусянин с вытянутой, как яйцо, головой и огромными, на поллица глазами. Своей тоненькой длинной рукой он пытался остановить проезжающие мимо такси.

Машины не останавливались, обдавали его грязью, он поворачивался, смотрел им вслед и ругался. На его тоненьких белых ногах были надеты синие резиновые сапоги.

Мы остановили машину и подошли.

Как это записано в своде законов Межгалактического Путешественника, мы встали напротив него, приложив к голове правую руку, и я произнёс:

— Мы граждане планеты Тета. Поговори с нами.

Он неохотно приложил к своей яйцеподобной голове руку и проговорил, не сводя глаз с дороги:

— Я гражданин Сириуса. Я согласен на контакт. — И тут же снова вытянул руку, останавливая такси. — Вообще не останавливаются, — пожаловался он.

— Может, тебя подвезти? — предложил я.

— Ой, — обрадовался сириусянин, — а можно? Мне в Шереметьево.

Он сел назад.

— Меня зовут Ха.

Мы с Млеем представились.

Ха попал в катастрофу. Что случилось с его кораблём, он не знает. Последнее, что он помнит — как в корабле потух свет и ремни катапульты врезались в его тело. Очнулся он уже тут, на Ленинградке.

— Устроился на работу, — рассказывал Ха, протягивая тонкие руки к кондиционеру и грея их одну о другую. Я подрегулировал температуру в салоне, чтобы ему проще было согреться.

— Кем? — обернулся к нему Млей.

— Инопланетянином. На фирму. — Он вытащил свои ножки из сапог и поджал их под себя. — Ношу рекламный щит: «Дублёнки тут». Платят, конечно, мало, но комнату снять удалось.

Он достал из сапога портативное жидкокристаллическое переговорное устройство.

— Аккумулятор сел, — пожаловался Ха, — на связь не могу выйти. У вас какая зарядка?

Я взял его рацию и покрутил в руках.

— Нет, не знаю. У нас другая, — сказал я.

— Вот чёрт! И из них никто не знает, я уже во все магазины электроники заходил, они говорят: завезут на следующей неделе! Врут! Я тут уже полгода торчу!

— А в Шереметьево зачем? Встречаешь кого? — спросил Млей.

— Да нет, карта же у меня! — обрадовался Ха и достал из сапога свёрнутый в трубочку листок. — Вот! Межпланетная карта чудом оказалась у меня в руке, когда я катапультировался. — Он протянул нам листок.

— И что? — не понял я.

— Вот, езжу в Шереметьево каждый день. На такси вся зарплата и уходит. Показываю им карту, говорю: мне сюда. Вот же, всё ясно нарисовано: вот Земля, вот Сириус.

— А они? — спросил Млей.

— Говорят, завтра приезжайте, наладим сообщение с вашим Сириусом. А один раз даже в сумасшедший дом звонили. Ну точно, нет аккумуляторов?

— Нет, Ха, точно нет, — заверил его я.

— А вы как устроились? — спросил он, убирая переговорное устройство обратно в сапог.

— Нормально, — неопределённо ответил Млей, — в гостинице, на Рублёвке.

— Круто, — согласился Ха. — А у меня в комнате потолок протекает, и тётя Зоя за стенкой так пьёт, что, боюсь, у неё белая горячка начнётся. И она весь наш дом или сожжёт, или ещё чего... Я уже ей и милицией угрожал, ничего не помогает... А вы когда обратно?

— Через шесть месяцев, — сказал Млей.

— Я, может, с вами полечу. Всё-таки от Теты до Сириуса ближе. Да, точно, я с вами, договорились?

— Договорились, — кивнул я. — А много у вас на Ленинградке продажной любви?

— Много! Только какая это любовь! Дождётся девка, пока заснёшь, да все карманы обчистит! У меня-то, хорошо, карманов нет, но ребята рассказывали такие истории! А любовь у них только с их сутенёром.

Мы подъехали к Шереметьеву.

— Вы езжайте, — сказал Ха. — Не ждите меня: может, сегодня улечу.

— А если не улетишь, как тебя найти-то? — спросил Млей.

— Вот где вы меня взяли, я там каждый день, с 9 до 6, кроме воскресенья. И плакат на мне: «Дублёнки тут». Мимо не проедете, я ещё внимание привлекаю: прыгаю и всё такое...

— Ладно, — пообещал я, — найдём.

— Счастливого пути! — на всякий случай сказал Млей.

— Спасибо... А если не улечу, слушайте, рублей пятьсот не найдётся?

Я дал ему денег. Ха пообещал вернуть.

Сзади уже сигналили машины. Ха быстро юркнул в своих резиновых сапогах в стеклянные двери зала вылетов.

— Домой полетит... — сказал я.
— Да, — вздохнул Млей.

Парковщик недовольно махнул палочкой, и Млей нажал на газ.

## μ

...прислал мне эммс с фотографиями.

На первой — записка, где он признаётся мне в любви.

На второй — он засовывает эту записку в бутылку,

на третьей — бросает бутылку в океан.

Я ждал продавца у стеклянных дверей. Как обычно. И он, как обычно, ждал меня тоже.

Уже не стесняясь, как раньше, радостно подбежал ко мне, схватил меня за руки и закружил в танце.

Люди, обедавшие в ресторане напротив, смотрели на нас и улыбались.

Не улыбалась только одна женщина. Она была в светлом плаще и шёлковом платочке на шее.

Она во все глаза смотрела на своего мужа. И на женщину рядом с ним. На ту, из-за которой всё так изменилось в их семье. Её муж — такой родной, такой близкий человек! — вдруг стал совершенно чужим. Нет, он её не обижает, конечно. Но — эта безразличная вежливость, этот отсутствующий взгляд и эта вечная улыбочка, блуждающая на губах... улыбочка, посвящённая НЕ ЕЙ.

Она не знала, зачем пришла сюда. Зачем хотела убедиться в том, что могло оставаться лишь догадкой... которую можно прогнать от себя... или забыть...

Продавец потащил меня за руку к лифту, вниз, и там — в цветочном киоске — подарил мне огромный букет георгин.

Цветы здесь были очень дорогие, и ему пришлось заранее договариваться с девочками, но они всё поняли, пошли на встречу, — и вот теперь его любимая радостно прижимает букет к груди. Он пригласил меня в кафе, а я, опустив глаза, сказал, что хотел бы остаться с ним наедине. Если он, конечно, не против.

— Нет, не против! — воскликнул продавец.

Он заволновался, руки его вспотели, мысли носились в голове, как люди во время землетрясения — беспорядочно и отчаянно. Он понимал, что такой шанс упускать нельзя: сама предложила! А если не придёт домой ночевать, что он скажет жене? Ничего не скажет, просто не придёт! Но у неё давление... Где же они могут побыть наедине? На даче у напарника!

— Постой вот здесь одну минутку! — попросил он меня и с горящими глазами побежал обратно в магазин. Пробежал мимо своей жены. Он был так молод и так счастлив!

За две лишних смены напарник отдал ему ключи от домика своей бабушки. В районе

Николиной горы. Маленький такой домик, дед когда-то построил своими руками, а бабушка отказывалась и переезжать, и продавать его. Так и умерла там, на Николиной. А теперь домик стоит целое состояние!

— Ты аккуратней там! — предупредил продавца напарник.

Осталась жена.

Он набрал домашний номер. Никто не ответил.

«Наверное, в магазин пошла. Хотя — поздно уже».

Позвонил на мобильный.

— Алло! — как всегда ласково ответила жена.

Быстро, чтобы не передумать, он сказал:

— Я на рыбалку уезжаю, с напарником. Ты не волнуйся. Завтра после работы я сразу домой.

— Хорошо, — не стала возражать жена, и он облегчённо вздохнул. Надо же, как все, оказывается, просто!

— Целую тебя, — сказал он с благодарностью.

— И я тебя, — сказала жена.

Она смотрела на меня почти в упор. И видела не другую женщину, нет! Её муж никогда бы не полюбил другую женщину. Она узнавала саму себя, только моложе, свежее и красивее.

И она ничего не могла с этим поделать.

И жена простила его. Ей было только

жаль, что она уже не может заставить его глаза вот так сиять. Но она была благодарна той, другой, что та — может.

Мы открыли низкую скрипучую дверь и оказались в комнате, которая была одновременно и кухней, и столовой, и гостиной. Две двери вели в спальню и туалет.

— Тебе здесь нравится? — с тревогой спросил продавец.

— Очень, — улыбнулся я.

Он стоял посреди комнаты и не знал, что делать дальше.

Я стал расстёгивать платье.

Он порывисто подбежал ко мне, встал на колени и начал целовать мои руки.

— Ты моё счастье! — говорил он. — Ты моя жизнь.

И совершенно без денег! — вот что я сообщу Млею.

— У нас будут дети? — спросил я.

— Дети? — Ему стало неловко. У него уже было двое взрослых сыновей, и он никогда не думал, что можно иметь ещё детей, его жене уже столько лет... — Конечно! У нас обязательно будут дети!

Я взял его за руку и повёл в спальню.


В гостинице, прямо у входа, меня караулила журналистка. Та, которая два месяца назад обещала никогда больше не приходить.

— Сенсация? — спросил я устало.

Она виновато кивнула.

— Ещё одна! И вы меня больше не увидите! — попросила журналистка.

— Я умею летать, — сказал я.

— Нет, таких много, — отмахнулась она.

— Я могу правой ногой почесать левое ухо. И одновременно курить, — предложил я.

— Да ладно?! — не поверила журналистка.

— Дайте сигарету.

Я прикурил и достал ногой до уха.

Она щёлкала затвором фотоаппарата и хвалила меня:

— Супер! Просто супер! Сейчас ещё в профиль!.. А когда можете пускать?.. А чтобы кольцо на голову наделось?.. Не можете?.. Ну и ладно! Ещё постойте! Ещё секунду!

— Всё, — сказал я. — И чтобы больше я вас здесь не видел.

— Обещаю. Вот посмотрите!

Она спрятала свой фотоаппарат в чехол, как драгоценность в сейф.

— Я вам визиточку оставлю, — сказала она, — вдруг сами что надумаете!

— Не надумаю.

— Ну мало ли. А может, увидите что необычное.

Я вспомнил про сириусянина Ха. Вдруг он всё-таки не улетел?

— А вы деньги за сенсации платите? — спросил я. Вот Ха мог бы заработать!

— Нет, — вздохнула журналистка, — у нас издание бедное, мы не можем себе позволить...

— Ну ладно. — Я махнул ей на прощанье.

— Я напишу, что вы йог в пятом поколении! — крикнула она.

В голове её был уже готов текст статьи: «Жизнь Ильи Петровича Оболенского не отличалась от жизни всех остальных москвичей, текла размеренно и радостно, пока страшный диагноз не перевернул всё с ног на голову. И тогда-то вспомнил Илья Петрович, что он йог в пятом, нет, лучше в третьем поколении. И тогда уже с ног на голову он встал в буквальном смысле. И страшная болезнь отступила...»

Мне позвонил Вова и сообщил, что они с женой улетают на море:

— На острова, — сказал Вова. — Но я буду скучать.

— Я тоже, — сказал я.

— Вернусь через две недели.

— И полетишь на острова со мной?

— Если захочешь. Но лучше, честно говоря, не на острова. Там такая скука. И жена всё время заставляет играть в теннис.

— Бедный, — пожалел я.

Вова вздохнул.

— И есть не даёт, — пожаловался он.

— Прилетишь — пойдём в самый лучший ресторан. В Asia Hall хочешь?

— Хочу.

— Ну держись там! Две недели быстро пролетят.

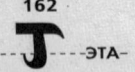

— Только не для меня.
— Думай о хорошем.
— Буду о тебе думать.
— А я о тебе. Привези мне ракушку.
— Если смогу. Но я постараюсь.
— Далеко не заплывай!
— Я — мастер спорта по плаванью! — возмутился Вова.
— Никогда бы не сказала.
— Ну, кандидат в мастера. Я просто рано спорт бросил. Целую тебя.
— Целую. Люблю.

Млей дал мне пригласительный на какую-то вечеринку в Ritz Carlton.

— Пойдём вместе. Здесь написано: на два лица. — Я рассматривал лакированную открытку чёрного цвета.

— Я не могу. Иди один. Можешь взять машину, — сказал Млей.

— Не можешь? А что же ты будешь делать? — поинтересовался я недовольно.

— Еду к Наталье Петровне. Она пришлёт за мной своего водителя. — Млей сидел в кресле и листал гламурные журналы.

Администратор регулярно поставляла нам подобные издания.

— Зачем тебе проводить время с Натальей Петровной?! — возмутился я. — Тебе надо работать!

— У Натальи Петровны сейчас сложный период. Муж хочет с ней развестись. Она переживает. Это ты можешь понять? — Млей бросил журнал на пол.

— Но ты-то здесь при чём?

— Мы дружим. И я ей сейчас нужен. — Млей встал и отвернулся к окну.

Я вышел, громко хлопнув дверью.

Это была обычная вечеринка со скудной едой, но большим выбором алкоголя и девушек.

Я съел шестнадцать тарталеток и тридцать три минисендвича.

— Давно за вами наблюдаю, — сказала мне девушка с волосами светлыми, как ромашка, на которой не загадали любовь.

— Почему? — удивился я.

— Вы так много едите. И совсем не пьёте. — Девушка смотрела мне прямо в глаза и покачивалась в такт музыке.

— А вы пьёте. И совсем не едите, — улыбнулся я.

— Мы могли бы отлично дополнять друг друга, — улыбнулась девушка.

Мы рвали друг на друге одежду в тесной кабинке гостиничного туалета.

— Это любовь с первого взгляда? — Я взял её за шею и прислонил к стене. Она даже немного ушиблась.

— А другой и не бывает! — сказала девушка.

Потом она сидела на унитазе и поправляла съехавшие чулки.

— Может, сбежим отсюда? — предложил я.

— Давай! — улыбнулась девушка. — Только сначала выпьем.

Я тоже сделал пару глотков шампанского.

— За любовь, — сказал я.

— А ты в неё веришь? — спросила девушка.

— Конечно. А ты разве нет?

— Ну, когда вижу такого парня, как ты, — начинаю верить.

Я взял её за руку и повёл к выходу.

Как всё просто, если отношения начинаются с секса!

— Красивая машина, — сказала девушка.

— У тебя когда день рождения? — спросил я.

Девушка расхохоталась.

— Ты что, гороскопами интересуешься?

— Нет, хочу тебе на день рождения такую же подарить. — Я открыл перед ней дверцу.

— Вау! — воскликнула девушка. — Вот это желание!

— И главное, что оно совпадает с возможностями! — Я обнял её и нежно поцеловал.

— Ну как тут не верить в любовь с первого взгляда?! — Она хитро посматривала на меня.

— Только такая и бывает! — в тон ответил я.

Удивительно, но на улице Покровка меня вдруг остановил гаишник.

— Документы, пожалуйста, — сказал он мне в открытое окно.

Я открыл бумажник, полный стодолларовых купюр.

— У меня тут этих документов полно, — сказал я, многозначительно улыбаясь, — вам сколько?

— Это ты! — неожиданно пронзительно закричала девушка. — Я тебя узнала!

Мы с гаишником удивлённо посмотрели на неё. А она набросилась на меня с кулаками.

— Точно! Я вспомнила! Подонок!

Я с трудом отбивался. Гаишник поглядывал с любопытством.

— Да что с тобой?! — Я попытался скрутить ей руки, чтобы она успокоилась.

— Я узнала тебя! — визжала девушка, норовя ударить меня ногой. — Как только ты бумажник достал, я сразу узнала тебя! Подонок!

— Да объясни же! — попросил я.

— Гражданочка, — снова просунул голову в окошко гаишник, — мы ведь его и арестовать можем, если что!

— Ты не помнишь меня?!

Я непонимающе смотрел в её злое лицо.

— Я тогда тоже думала: любовь с первого взгляда! А ты ещё штаны застегнуть не успел, а уже бумажник достал и спросил меня: тебе сколько дать? — Она снова вырвала свою руку и со всей силы ударила меня по лицу. — Не узнаёшь меня, урод?!

Она схватила свою сумку и выпрыгнула из машины.

Моё лицо горело от побоев.

— Вот так вот, — сочувственно пожал плечами гаишник, — не даёшь деньги — плохо, даёшь — тоже плохо. Дуры!

Мы понимающе пожали друг другу руки, и он сказал напоследок:

— Поосторожнее.
— Ты тоже, — кивнул я.


Млей купил яхту. Прекрасную маленькую яхту с двумя каютами. Он припарковал её в Крокусе и повесил на мачте морской флаг планеты Тета — две перекрещенные фиолетовые линии.

Я пригласил на речную прогулку Галю.

— Я замужем, — зло сказала она, подметая пол под моей кроватью.

— Ты ещё не замужем, — возразил я.
— Тебя это не должно касаться! — огрызнулась Галя.

— Послушай, я же ничего плохого тебе не сделал. И не сделаю. Я просто приглашаю тебя покататься на яхте. И всё, — уговаривал я.

— Слышишь ты, олигарх хренов! — Она угрожающе двинулась на меня со шваброй в руке. — Тебе же сказали: я замужем!

— Ладно, ладно, — отступил я. — Замужем так замужем, потом пожалеешь.

— Может, и пожалею, — угрюмо согласилась Галя. — Только мой мужик сидит дома и меня ждёт, а не девок на яхтах катает!

— Ты же хотела, чтобы тебе стихи читали... — Я на всякий случай отошёл к двери.

В этот момент мне пришла эсэмэска, и мой телефон пикнул.

— Вон с ними катайся! — крикнула Галя, показывая на мой телефон.

— Это не то, что ты думаешь! — обрадовался я.

— Иди! Иди! — Галя вытолкала меня за дверь.

Вова прислал мне эмэмэс с фотографиями. На первой — записка, где он признаётся мне в любви. На второй — он засовывает эту записку в бутылку, на третьей — бросает бутылку в океан.

«Я чуть не расплакалась», — написал я Вове.

Он прислал ещё фотографию: своё лицо в маске скорби.

«Как ты там без меня?» — написал я.

И получил очередное фото: Вова с теннисной ракеткой.

«Ничего, осталась всего неделя», — ответил я.

Вова прислал свой радостный портрет.

«Ты, наверное, только что научился слать эмэмэс-сообщения?» — догадался я.

«Ага. Лежу на пляже. Жара».

Он прислал мне изображение пляжа, моря, пенька, своей ноги в шлёпанце, своей жены — вид сзади, неба, пальмового листочка и память на моём телефоне оказалась максимально заполненной. И закончились деньги.

А я хотел позвонить Млею. Я не видел его уже несколько дней.

Передо мной клала деньги на телефон невысокая девушка с высокой причёской. Она разговаривала руками.

Уходя, она улыбнулась мне.

— Я тоже кладу деньги, — сказал я ей руками. Так разговаривают глухонемые.

— Я уже положила, — ответила она и задержалась у двери.

— Можно я вас провожу? — спросил я в абсолютной тишине. Женщина за прилавком читала книжку и не обращала на нас внимания.

— Можно, — согласилась девушка.

Её звали Карина. Я проводил её до машины. Водитель распахнул перед ней заднюю дверцу и подозрительно покосился на меня.

— Давайте встретимся завтра! Здесь же, — предложил я. — Поболтаем и попьём кофе.

— Давайте! — радостно кивнула она.

Я смотрел ей вслед, а она махала мне рукой.

— Где ты был? — спросил я Млея.

— Встречался с Ха. — Он валялся на кровати и одну за другой поглощал из огромной коробки шоколадные конфеты. По полу были разбросаны журналы.

— С Ха? Он не улетел? — машинально спросил я.

— Нет.

— А зачем ты с ним встречался?

— А почему ты считаешь, что я должен перед тобой отчитываться? — Млей сел и пододвинул к себе конфеты.

— А почему ты считаешь, что не должен? — спросил я.

— Хочешь конфетку? — Млей кивнул на коробку.

— Нет, спасибо.

— Ты пригласил Галю на яхту? — поинтересовался Млей.

— Да. Но она замужем, — ответил я.

— Замужем! — передразнил меня Млей. — Я уже тебе и машину купил, и яхту, и всё равно ни одна девушка не хочет с тобой встречаться!

— Почему это ни одна? У меня завтра свидание! — тихо сказал я.

— С кем это, интересно? — Млей язвительно улыбался.

— С девушкой! — крикнул я.

— С какой?

— С глухонемой.

— А! С глухонемой! Молодец! Ты хочешь привезти на Тету глухонемую беременную девушку и попытаться убедить всех, что это улучшит наш генофонд! А может быть, ты хочешь, чтобы все граждане Теты стали глухонемыми? — Млей говорил очень зло, и я не отвечал ему.

— Ну что? Нечего сказать? — Он смахнул с кровати пустую коробку.

— Мне кажется, ты вообще больше не веришь в успех нашей экспедиции, — сказал я.

Я хотел добавить, что это произошло с Млеем после той истории с Данилой. Но не стал.

— И мне не нравится, что ты встречаешься с Ха, — признался я. Сам не знаю, почему.

— Мне это абсолютно всё равно, — сказал Млей мне вдогонку.

Я не знал, идти ли мне на свидание с глухонемой Кариной. С одной стороны, Млей абсолютно прав. С другой — надо же на ком-то проверить, как работает теория про деньги.

Я решил с ней встретиться.

Всё тот же водитель открыл ей дверцу, как только меня увидел.

— У меня есть яхта, — сказал я ей руками.

Она улыбнулась.

— Можно пригласить тебя на прогулку? — спросил я.

Она посмотрела на небо.

— Холодно. — Она поёжилась.

— Разве? По-моему нормально. Поехали! Я тебя очень прошу!

Она кивнула.

Был ноябрь, и поэтому перед тем, как отпустить её со мной на яхту, водитель укутал её двумя пледами.

Я сам стоял за штурвалом. Она смотрела на меня и улыбалась.

Мы плыли по Москве-реке.

— Хочешь шампанского? — предложил я.

Она отказалась.

— А ты давно не говоришь? — спросил я.

— С рождения. А ты?

— И я.

— Я очень рада была тебя встретить. Не надо ехать так быстро, холодно! — попросила Карина.

— Ладно, — кивнул я, но решил, что мне всё-таки надо продемонстрировать быстроходные качества яхты.

— Я погреюсь в каюте, — улыбнулась Карина.

Она спустилась вниз, а я нажал на газ.

Всё-таки у нас не какая-нибудь слабомощная лодочка... Я ещё прибавил газу.

У Карины оказалась морская болезнь. Её выворачивало в нижней каюте. Она даже не сразу смогла оттуда выйти.

Я этого не знал. Я жал и жал на газ, лихо объезжая мели и всевозможные препятствия, обозначенные на моей карте. Я рассчитывал, что Карина это оценит. И прикидывал про себя, можно ли вылечить Карину на планете Тета. Конечно, то, что она глухонемая с детства — плохо. Но всё же уровень медицины у нас позволяет решать и не такие задачи.

Примерно через полчаса быстрой езды я увидел, как Карина ползёт ко мне по верхней палубе. Цвет её лица стал зелёным, а глаза были такими несчастными, что я сразу скинул скорость. Карина благодарно кивнула.

Я взял её на руки и отнёс во вторую каюту. Первая была непригодна для пребывания.

Мы качались в яхте на середине реки, и Карина лежала на кровати, свернувшись калачиком.

— Ты не знала, что у тебя морская болезнь? — спросил я.

Она не отвечала. У неё не было даже сил поднять руку.

— Поедем домой! — предложил я.

Она испуганно замотала головой. Когда лодка не двигалась, ей было лучше.

Часа через два я вышел на палубу. Стемнело. Звёзды рассыпались по небу, и я долго смотрел на них, думая про Млея. Млей помогает Ха. Млей помогает Наталье Петровне. Если бы Млей сейчас был здесь, он бы помог мне тоже.

Карина проснулась посреди ночи и согласилась ехать домой.

Я вёл яхту очень медленно, но ей всё равно было плохо.

Пошатываясь, она сошла на берег. Водитель бросился к ней и подхватил её на руки.

— Увидимся ещё? — спросил я руками.

Она попросила водителя остановиться и повернула ко мне своё лицо.

Мы договорились на воскресенье.

Я, улыбаясь, помахал водителю, он бросил на меня свирепый взгляд.

Я ехал на Ленинградку, сам не зная зачем.

Ха стоял у с шоссе, размахивал руками, прыгал, приседал и взлетал в воздух на пару метров. На его груди и спине болтался щит «Дублёнки тут». В отличие от прошлого раза, когда я увидел его в одних резиновых сапогах, на сириусянине была надета спортивная шапочка с помпоном розового цвета.

Млей был тут же. Он живо раздавал прохожим бумажные флаерсы.

Люди проходили мимо, не обращая внимания на фиолетового Млея и Ха с яйцеподобной головой.

Оба старались. Иногда они взлетали вверх, взявшись за руки.

Вскоре Млей повесил на себя щит «Дублёнки тут», а Ха стал раздавать флаерсы.

Я нажал на газ и медленно проехал мимо. Наверное, я бы хотел, чтобы Млей меня заметил. Но они были так увлечены своей работой, что не обратили на меня никакого внимания.

Я остановился у спортивного магазина. Долго рассматривал сноуборды и удочки для ловли рыб. Пару раз ударил по висячей груше. Оказалось — больно.

Продавец предложил мне новый универсальный тренажёр. Я сел на громоздкую конструкцию, вставил ноги в петли, а руками зажал шест. Продавец похвалил меня и сказал, что этот тренажёр подходит для спортсменов любого уровня подготовки. Чем меня обидел. Я спросил:

— А есть у вас что-нибудь посущественней?

Продавец пожал плечами, и я выбрал резиновые пятикилограммовые гантели.

Продавец кивнул.

— Пожалуй, я возьму шестикилограммовые, — сказал я.

Продавец одобрительно посмотрел на меня.

Я взглядом примерился к двенадцатикилограммовым гирям, но вовремя остановился — их я бы не донёс до машины. И в том, что их бы донёс продавец, я тоже не был уверен.

Администратор довольно заулыбалась, когда увидела меня с гантелями.

— Я тоже всё собираюсь, — вздохнула она, — но времени катастрофически не хватает.

Я занимался с гантелями полтора часа.

Я подбрасывал их в воздух, ловил одной рукой сразу две, жонглировал ногами, прокатывал их по спине и делал ещё массу других общеукрепляющих упражнений. А также выполнил две серии по три подхода для наращивания мышц.

Зашла Галя со шваброй, но, увидев меня за этим занятием, извинилась и закрыла дверь.

Наконец я так устал, что свалился на кровать и пролежал там до вечера, не шевелясь.

Я строил план, как мне найти Карину.

Телефона её у меня не было. А если бы и был — какой в нём смысл, если земляне ещё не вышли на уровень жидкокристаллических передатчиков, а потому двум глухонемым разговаривать по нему невозможно.

В коридоре я услышал голос Млея. Он спрашивал у администратора, нет ли в гостинице мышей.

— Вы уверены? — настаивал Млей.

— Послушайте, если за несколько месяцев, что вы тут живёте, вы не увидели ни одной мыши...

— Всё-таки я бы хотел профилактическую обработку, — говорил Млей.

— Бюджет на это не выделен, — злилась администратор. — И вообще, я не вижу в этом никакого смысла!

— Окей, — сказал Млей. — Предоставьте мне смету, а деньги я вам дам!

— Вы дадите деньги на профилактическую обработку гостиницы от мышей? — недоверчиво переспросила администратор.

— И пожалуйста, не затягивайте с этим!

Млей зашёл ко мне в комнату.

— Если бы ты хоть раз в жизни увидел мышь, ты бы меня понял, — сказал мне Млей.

— И где же ты её видел? — спросил я недовольно.

— В одном месте, — уклончиво ответил Млей и заметил мои гантели. — Ого! Занимаешься?

Я неопределённо кивнул.

Млей попробовал поднять одну гантелю, но тут же отпустил и уважительно посмотрел на меня.

— Тяжёлые, — сказал он.

— Шесть килограмм, — сказал я небрежно. — Больше в этом магазине не было.

— Круто, — одобрил Млей. И мне захотелось встать и снова немного позаниматься, но сил не было. Я решил, что в следующий раз я подгадаю свои занятия под то время, когда Млей будет дома.

— Где ты будешь праздновать Новый год? — неожиданно спросил Млей

— Не знаю. Я ещё не думал, — сказал я. — А ты?

— Наталья Петровна пригласила меня к себе. У неё будет вечеринка, и я могу взять тебя с собой.

— Спасибо, — сказал я. — Я обязательно пойду.

— Надо будет купить ей подарок, — сказал Млей.

— Какой?

— Не знаю. Она любит бриллианты. Они продаются в ювелирном магазине.

— Ладно. Купим, — согласился я.

Продавец телефонов встретил меня улыбкой и цветком орхидеи.

— Я соскучилась, — сказал я.

— Я тоже, — сказал он как-то виновато.

— Что-то случилось? — спросил я.

Он обнял меня и поцеловал в макушку.

— Что будем делать? — Я заглянул в его глаза.

— А чего тебе хочется? — Он помахал руками своему сменщику и повёл меня к выходу.

— Ты знаешь, чего мне хочется! — кокетливо ответил я.

— Может быть, в кино? — предложил он.

— Будем целоваться на последнем ряду?

Я пытался его растормошить, тянул за уши, щекотал, но продавец был очень серьёзным.

Я решил, что он собирается сделать мне предложение.

Эта мысль и обрадовала и испугала меня одновременно.

Обрадовала потому, что, во-первых, предложение — это всегда приятно, во-вторых, это было бы логичным и удачным завершением моей миссии (оставался вопрос беременности, но это, решил я, — дело техники). А испугала потому, что я ещё не был до конца уверен в том, что люблю его. А это было обязательным условием экспедиции.

Мы смотрели фильм братьев Коэнов «После прочтения сжечь».

Я смеялся. Я даже решил купить себе велосипед, как у главного героя фильма, которого играет Бред Питт, — он был инструктором в тренажёрном зале.

Интересно, в нашей гостинице есть тренажёрный зал?

Мы сидели на последнем ряду, но продавец не хотел целоваться.

Когда на экране раздались выстрелы, и продырявленный труп свалился из шкафа на пол, продавец взял меня за руку.

Я решил, что это не подходящий момент для предложения, и отдёрнул её.

Во время сцены в полицейском участке продавец сделал вторую попытку.

Да, он неправильно выбрал фильм для такого важного события — лучше бы на экране были поцелуи и слёзы.

— Я хочу сказать тебе что-то важное, — тихо проговорил продавец.

Мне было жаль, что убили инструктора по фитнесу.

Я широко улыбнулся и повернул голову к продавцу, приготовившись слушать.

Я даже руку положил ему на коленку, словно ожидая, что он тут же наденет мне на палец кольцо.

— Я очень тебя люблю, — сказал продавец, и женщина из нижнего ряда обернулась на нас.

Подруга Бреда Питта устроила сцену в российском посольстве.

— И это решение далось мне нелегко. — Он взял мою руку и поцеловал её. — Я говорил тебе, что ты очень похожа на мою жену?

— Нет.

Её выставили из российского посольства, и она явно не знала, что теперь делать и где искать друга.

— Очень. Те же глаза. Та же улыбка. Ты даже смеёшься как она. И даже занимаешься любовью...

Я довольно кивнул. Конечно — никаких осечек в нашем деле.

— Я бы мог прожить с тобой ещё одну жизнь, — сказал он, всё так же держа меня за руку. И совершенно не глядя на экран.

— Но это было бы неправильно. — Он так сжал мою руку, что я даже отвёл взгляд от экрана.

— Неправильно по отношению к двум женщинам, которых я люблю, — к тебе и моей жене.

— Ты не делаешь мне предложение? — спросил я.

— И очень скоро ты поймёшь, что так будет лучше: ты должна прожить свою жизнь. А я — свою.

Я должен был дать ему пощёчину, но в темноте кинотеатра боялся промахнуться.

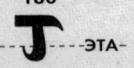

Я решил, что мне надо выбежать из кинотеатра и расплакаться в фойе, но очень уж хотелось досмотреть фильм до конца.

Я остался.

— Спасибо, — шепнул продавец. Ему было немного обидно, что она так спокойно отнеслась к его словам. Он целый день готовился к тяжёлой сцене, но это только подтверждает правильность его поступка — его жизнь там, дома, где его родная, такая любимая жена сейчас готовит торт Наполеон. Это он её попросил. Сказал, что сегодня у них будет особенный вечер. Потому что сегодня — тридцать лет, как они женаты.

Я расхохотался, глядя на экран.

На какое-то мгновение продавцу захотелось прижать к себе эту равнодушную хохочущую девушку, и всё вернуть, и снова поехать в тот домик, где она будет принадлежать ему, и только ему... Он бросил на неё прощальный взгляд, встал, причём она даже не повернула к нему головы, и вышел.

Я досмотрел фильм до конца и остался на второй сеанс.

Я впервые, с неожиданной гордостью, подумал о том, что мой отец — режиссёр.

Галин жених по имени Коля ворвался в мою комнату как раз в тот момент, когда я сдавал шарики на анализ после усиленной тренировки с гантелями.

Он назвал меня «падлой» и «олигархом» и с размаху ударил по лицу. Я отлетел к стене, смахнув на пол кристалл с показателями уровня шариков. Кристалл раскололся на две части, и Коля нарочно наступил на каждую своими огромными ботинками.

— Но позвольте! — сказал я, потому что не знал, что следует говорить в таких случаях.

Несколько шариков выпало у меня изо рта.

— Она мне всё рассказала! — прорычал Коля, двигаясь в мою сторону.

— Это неправда! — воскликнул я, прячась за занавеску.

— На яхту кататься звал? — спросил Коля.

— Звал, — вздохнул я. — Но это не то, что вы подумали!

Он бил меня своими мощными кулачищами прямо через занавеску, не разбирая, куда.

— Я не буду! — кричал я. — Я больше не буду!

— Конечно не будешь, падла! — Коля не останавливался. — Потому что «будилки» не будет!

— Я вам заплачу! — неожиданно нашёлся я. — За моральный ущерб!

— Купить вздумал! — зарычал Коля и сорвал занавеску с карниза.

Я повалился на пол, не выпуская её из рук. Коля стал бить меня ногами.

— Думаешь, всё купить можешь?! — Он вырвал у меня занавеску и, схватив за горло, поднял на уровень своих глаз. — Думаешь, меня можно купить?!

— Нет, нет, не думаю! — оправдывался я. — Просто моральный ущерб...

Он отпустил руку и я снова рухнул на пол.

— Мне она всё рассказывает, учти, — пригрозил он. — Как ты ей тут прохода не даёшь и золотые горы обещаешь!

— Не обещаю, — слабо возразил я.

— Обещаешь! — угрожающе крикнул Коля.

— Обещаю, — согласился я.

— Ну ладно! — Коля потрепал меня по голове. — Давай деньги!

— Какие деньги? — спросил я.

— Ну за этот, за моральный ущерб!

— А сколько? — Я попытался встать, но не смог удержаться на ногах.

— А у тебя сколько есть? — деловито спросил он.

— Тысяча долларов, — сказал я, и подумал, что надо было начинать с пятисот, всё равно он будет торговаться.

— Давай, — согласился Коля. — И знай мою доброту. Потому что в следующий раз — убью.

Я дал ему тысячу долларов, жалея, что они не фальшивые.

Коля подошёл к моим гантелям и громко хмыкнул.

— Ты всё понял, качок? — спросил он.

— Всё понял, — кивнул я.

— Ну смотри! — В дверях он посмотрел на меня и неожиданно улыбнулся. — Хорошая у меня баба, да? И стихи любит.

Я неопределённо пожал плечами. Этот жест мог означать и «да» и «нет».

Коля вопросительно поднял одну бровь.

— Да, да, хорошая! — поспешно согласился я.

Он удовлетворённо кивнул и закрыл за собой дверь.

Я еле-еле добрался до кровати.

# V
— В будущем

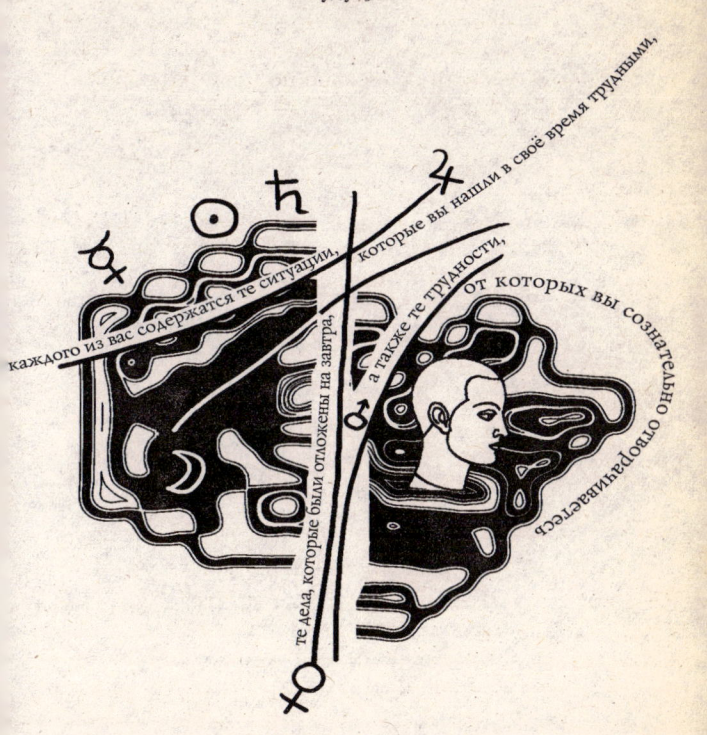

каждого из вас содержатся те ситуации, которые вы нашли в своё время трудными, а также те трудности, от которых вы сознательно отворачиваетесь, те дела, которые были отложены на завтра,

— Что случилось? — спросил Млей, заявившись ко мне поздно ночью.

— Ничего, — гордо ответил я.

— Ты что, подрался? — удивился Млей. Я промолчал.

— Нет, ты подрался! — повторил Млей.

— Коля приревновал ко мне Галю, — сказал я. — Пришлось поговорить с ним по-мужски.

— По-мужски? — Млей недоверчиво оглядел моё тело, всё в синяках и ссадинах.

Потом он увидел на полу раздавленный кристалл.

— А если я заболею?! — заволновался Млей. — Как я узнаю свой диагноз? Ты не мог поосторожнее обращаться с кристаллом?

— Он ворвался как раз в тот момент, когда я сдавал шарики на анализ, — оправдывался я.

— Тебе надо другие шарики сдать на анализ! — кричал Млей.

— Послушай, я же не спрашиваю тебя, где ты шлялся столько времени! — заорал и я тоже.

— Ты только и можешь, что всё испортить! — обвинял меня Млей.

Я хотел было вскочить и выставить Млея за дверь, но вместо этого только застонал и снова откинулся на кровать.

— Больно? — спросил Млей, немного помолчав.

— Ерунда, — сказал я, глядя в потолок.

Млей подошёл к моей кровати и сел с краю.

Всё так же не отводя взгляда от невидимой точки на потолке, я сказал:

— Я хочу зарабатывать деньги.

— Зачем? — удивился Млей. — Вопрос с журналом Forbes я закрою сам.

— Не из-за этого, — отмахнулся я.

— А из-за чего? — ещё больше удивился Млей. — У тебя же денег ровно столько, сколько тебе нужно.

— Дело не в деньгах, — сказал я.

— А в чём? — спросил Млей.

Я посмотрел на него и попытался объяснить максимально доходчиво:

— Я должен зарабатывать. И это решённый вопрос.

Млей пожал плечами:

— Ну ладно. Раз ты так решил...

— Тебе надо другие шарики сдать на анализ! — кричал Млей.

— Послушай, я же не спрашиваю тебя, где ты шлялся столько времени! — заорал и я тоже.

— Ты только и можешь, что всё испортить! — обвинял меня Млей.

Я хотел было вскочить и выставить Млея за дверь, но вместо этого только застонал и снова откинулся на кровать.

— Больно? — спросил Млей, немного помолчав.

— Ерунда, — сказал я, глядя в потолок.

Млей подошёл к моей кровати и сел с краю.

Всё так же не отводя взгляда от невидимой точки на потолке, я сказал:

— Я хочу зарабатывать деньги.

— Зачем? — удивился Млей. — Вопрос с журналом Forbes я закрою сам.

— Не из-за этого, — отмахнулся я.

— А из-за чего? — ещё больше удивился Млей. — У тебя же денег ровно столько, сколько тебе нужно.

— Дело не в деньгах, — сказал я.

— А в чём? — спросил Млей.

Я посмотрел на него и попытался объяснить максимально доходчиво:

— Я должен зарабатывать. И это решённый вопрос.

Млей пожал плечами:

— Ну ладно. Раз ты так решил...

— Что случилось? — спросил Млей, заявившись ко мне поздно ночью.

— Ничего, — гордо ответил я.

— Ты что, подрался? — удивился Млей. Я промолчал.

— Нет, ты подрался! — повторил Млей.

— Коля приревновал ко мне Галю, — сказал я. — Пришлось поговорить с ним по-мужски.

— По-мужски? — Млей недоверчиво оглядел моё тело, всё в синяках и ссадинах. Потом он увидел на полу раздавленный кристалл.

— А если я заболею?! — заволновался Млей. — Как я узнаю свой диагноз? Ты не мог поосторожнее обращаться с кристаллом?

— Он ворвался как раз в тот момент, когда я сдавал шарики на анализ, — оправдывался я.

Голубую норку он назвал лоховской; короткую лису — куцей, строгое пальто из каракульчи — бабской, манто из стриженого кролика — неприлично дешёвым, и в конце концов, когда продавцы уже сбились с ног, принося нам шубы со всех этажей, он оценил приталенную шубку из крашеной норки с шиншилловым воротником.

— То, что надо! — сказал он.

И я согласился.

Продавцы одобрительно кивали, вынося из раздевалки тяжёлую охапку разноцветных мехов.

Он поманил меня пальцем, я подошёл и показал ему ценник.

— Берём, — решил он, и когда дверь в раздевалку за мной закрылась, я услышал, как он попросил продавщицу принести ещё одну, такую же, но на два размера больше.

— У нас все шубы в единственном экземпляре! — гордо сказала продавщица.

Вова выругался.

Я подошёл к нему и примиряюще обнял.

— Жене хотел купить? На Новый год? — спросил я ласково.

Вова зло кивнул.

— Давай я примерю все шубы, которые у них есть нужного размера, и мы выберем. — Я чмокнул его в нос.

Вова недоверчиво посмотрел на меня, но тут же согласился.

— Давай, — улыбнулся он.

Я снова примерял то кролика, то соболя, а Вова пил кофе, сощурясь и разглядывая меня в шубах. Вернее, шубы на мне.

— По-моему, вот эта хорошая, — сказал я про норковую накидку с гипюровой подкладкой.

— Ты думаешь? — задумался Вова.

— Ну да, если у неё нет такой, то на выход... — рассуждал я. — Нет?

Он пожал плечами.

— Откуда я знаю?! Вроде нет... Девушка, давайте вот эту!

Продавщица наблюдала за мной со смешанным чувством удивления и восхищения.

— Пойдём, купим подарки твоей дочке! — предложил я.

— Я устал ходить по магазинам, — капризно протянул Вова, расплачиваясь за шубы кредитной картой.

— Надо, Вова! — сказал я. — Когда у тебя ещё время будет?! А ей приятно! И я тебе помогу, опять-таки!

Вова кивнул, в душе очень довольный тем, как он всё здорово организовал.

— А может, ты купишь, а я тебя в кафе подожду? — спросил он.

— Но я же не знаю, что она любит! Пошли со мной!

Вова покупал всё подряд, в основном это были куклы и разговаривающие мягкие игрушки. Со стороны могло показаться, что он тоже не знал, что любит его дочка.

Когда мы вышли из магазина, причём я был в новой шубе — Вова настоял, — он кивнул мне на его машину:

— Может, зайдём на минутку?

Я покачал головой.

— Ну на минутку! — стал просить Вова. — Где благодарность за подарок?

Я зашёл с ним на минутку — вернее на пять — в машину. Охранник и водитель ждали снаружи.

— Я позвоню! — помахал Вова мне на прощанье.

Я послал ему воздушный поцелуй.

— Давай проводить спарринги! — сказала администратор. Она спортивно прыгала вокруг груши и делала руками короткие выпады.

— Давай, — сказал я и не успел подготовиться, как она ударила меня в челюсть.

— Один — ноль, — сказала администратор.

Мне позвонил Млей, но я не ответил.

Всю свою энергию я направил на то, чтобы нокаутировать администратора.

— Один — один, — сказал я.

Млей с Натальей Петровной сидел в своём офисе и составлял годовой отчёт.

— Ну вот, вроде и всё, — потянулась Наталья Петровна. — Отдам бухгалтеру. Кстати, ты читала статью про нас в «РБК»?

— Нет, — пожал плечами Млей. Он читал только глянцевые издания, но зато — все.

— Они написали, что мы — та самая компания, которая при запуске выстроила наиболее правильную маркетинговую политику. И это, заметь, при полном отсутствии бюджета на рекламу. — Наталья Петровна закурила.

— Мы можем поставить у входа человека и повесить ему на грудь щит «Похудение здесь», — предложил Млей. — Или инопланетянина. Говорят, это хорошо работает.

Наталья Петровна поморщилась.

— Мелко плаваешь, Муся! — В следующем году, если так дальше пойдёт, весь город будет увешен нашей неоновой рекламой! Да что город?! Вся страна. Кстати, я везде представляю тебя диетологом. Ты не против? — Она улыбнулась подруге.

— Совсем нет. Я ведь и в самом деле в некотором роде диетолог. Ты вон какая стройная и красивая у меня стала! — Млей тоже потянулся за сигаретой, Наталья Петровна дала ему прикурить.

— А толку-то... — вздохнула она.

— А что твой? — спросил Млей и выпустил дым в замороженное окно.

— Живёт с этой сукой. А меня и знать не знает, как будто не было всех этих лет вместе...

— Да, лихо она от тебя избавилась, — вздохнул Млей.

— Это же надо придумать такое! — воскликнула Наталья Петровна и прошлась по комнате из угла в угол. — Что я на неё наколдовала, чтобы она ребёнка потеряла! Как язык не отсох?!

— Сука, — согласился Млей.

— Да я в Бога верю! — возмущалась Наталья Петровна. — Разве я бы смогла против ребёнка?! Да я сама родить хочу! Я, может, только этого и хочу!

— А влюбиться? — спросил Млей. Он потушил сигарету и опустил в чашку с кипятком пакетик чая.

— Да ну! — махнула рукой Наталья Петровна. — Как представлю себе, что всё заново... нет уж! Лучше одна... И потом всё равно ни с кем не уживусь — всё сравнивать буду!

— Ну так роди! — загорелся Млей. — А я крёстной буду!

— От кого? — спросила Наталья Петровна и расхохоталась. — От какого-нибудь алкоголика с улицы?

— Нет, — испугался Млей. — Алкоголики нам не нужны.

— А поехали загуляем? — весело предложила Наталья Петровна.

— Я не могу, — сказал Млей. — У меня дела.

— Ну вот! — Она грустно кивнула и прикурила ещё одну сигарету.

Когда я зашёл к нему в номер с огромным холщёвым мешком, Млей рассматривал очередной глянцевый журнал, механически засовывая в рот шоколадные конфеты.

— Купил акции Газпрома, — радостно сказал я.

Млей задержал своё внимание на рекламе купальников и лишь через две минуты поднял на меня равнодушные глаза:

— Зачем? — спросил он.

— Вот если бы ты читал не эту дрянь, а, например, «РБК», ты бы знал, что Газпром — это офигенно круто! А самый крутой, соответственно, тот, кто им владеет. И теперь это я! — гордо сообщил я Млею, высыпая акции из мешка прямо посреди комнаты.

— Ты похож на Деда Мороза, — сказал Млей гораздо более заинтересованно.

— Только такие подарочки никому не дарят! — Я самодовольно улыбался.

— И что, ты теперь самый крутой в России? — уточнил Млей.

— А поехали загуляем? — весело предложила Наталья Петровна.
— Я не могу, — сказал Млей. — У меня дела.
— Ну вот! — Она грустно кивнула и прикурила ещё одну сигарету.

Когда я зашёл к нему в номер с огромным холщёвым мешком, Млей рассматривал очередной глянцевый журнал, механически засовывая в рот шоколадные конфеты.
— Купил акции Газпрома, — радостно сказал я.

Млей задержал своё внимание на рекламе купальников и лишь через две минуты поднял на меня равнодушные глаза:
— Зачем? — спросил он.
— Вот если бы ты читал не эту дрянь, а, например, «РБК», ты бы знал, что Газпром — это офигенно круто! А самый крутой, соответственно, тот, кто им владеет. И теперь это я! — гордо сообщил я Млею, высыпая акции из мешка прямо посреди комнаты.
— Ты похож на Деда Мороза, — сказал Млей гораздо более заинтересованно.
— Только такие подарочки никому не дарят! — Я самодовольно улыбался.
— И что, ты теперь самый крутой в России? — уточнил Млей.

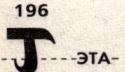

— А что твой? — спросил Млей и выпустил дым в замороженное окно.

— Живёт с этой сукой. А меня и знать не знает, как будто не было всех этих лет вместе...

— Да, лихо она от тебя избавилась, — вздохнул Млей.

— Это же надо придумать такое! — воскликнула Наталья Петровна и прошлась по комнате из угла в угол. — Что я на неё наколдовала, чтобы она ребёнка потеряла! Как язык не отсох?!

— Сука, — согласился Млей.

— Да я в Бога верю! — возмущалась Наталья Петровна. — Разве я бы смогла против ребёнка?! Да я сама родить хочу! Я, может, только этого и хочу!

— А влюбиться? — спросил Млей. Он потушил сигарету и опустил в чашку с кипятком пакетик чая.

— Да ну! — махнула рукой Наталья Петровна. — Как представлю себе, что всё заново... нет уж! Лучше одна... И потом всё равно ни с кем не уживусь — всё сравнивать буду!

— Ну так роди! — загорелся Млей. — А я крёстной буду!

— От кого? — спросила Наталья Петровна и расхохоталась. — От какого-нибудь алкоголика с улицы?

— Нет, — испугался Млей. — Алкоголики нам не нужны.

— А хочешь, я тебе одну акцию подарю? — из жалости предложил я.

— А что я буду с ней делать? — спросила Галя.

— Она их Коле отнесёт и скажет, что некоторые ей акции дарят, а он, козёл, даже колготки не купит! — сказал Млей, не отвлекаясь от своих подсчётов.

— Зачем вы так? — обиделась Галя.

Я спросил, за что жених отделал её в этот раз.

Оказывается, заболела Галина сестра. И так получилось, что, кроме Гали, за ней ухаживать некому. Вот она и проводила всё время у постели больной сестры. А Коле — обидно.

— Он говорит, что же, мне заболеть надо, чтобы моя баба при мне была? — жаловалась Галя, помогая Млею подсчитывать акции.

— Это хорошо, что она заболела, — сказал я.

Галя посмотрела на меня удивлённо.

— Она и себя спасёт, и тебя. — Я хотел объяснить зависимость её прошлых жизней от будущих, но решил ограничиться только объяснением того, что люди называют «карма». — В будущем каждого из вас содержатся те ситуации, которые вы нашли в своё время трудными, те дела, которые были отложены на завтра, а также те трудности, от которых вы сознательно отворачиваетесь.

— Что значит «вы»? — уточнила Галя. — А вы?

— И мы, и мы, — поспешил сказать Млей. — Вот не помогла бы ты ей, и быть бы тебе всю жизнь сиделкой в бесплатном приюте. В лучшем случае, — добавил Млей.

Он уже разделил акции поровну, и теперь складывал свою половину обратно в мешок.

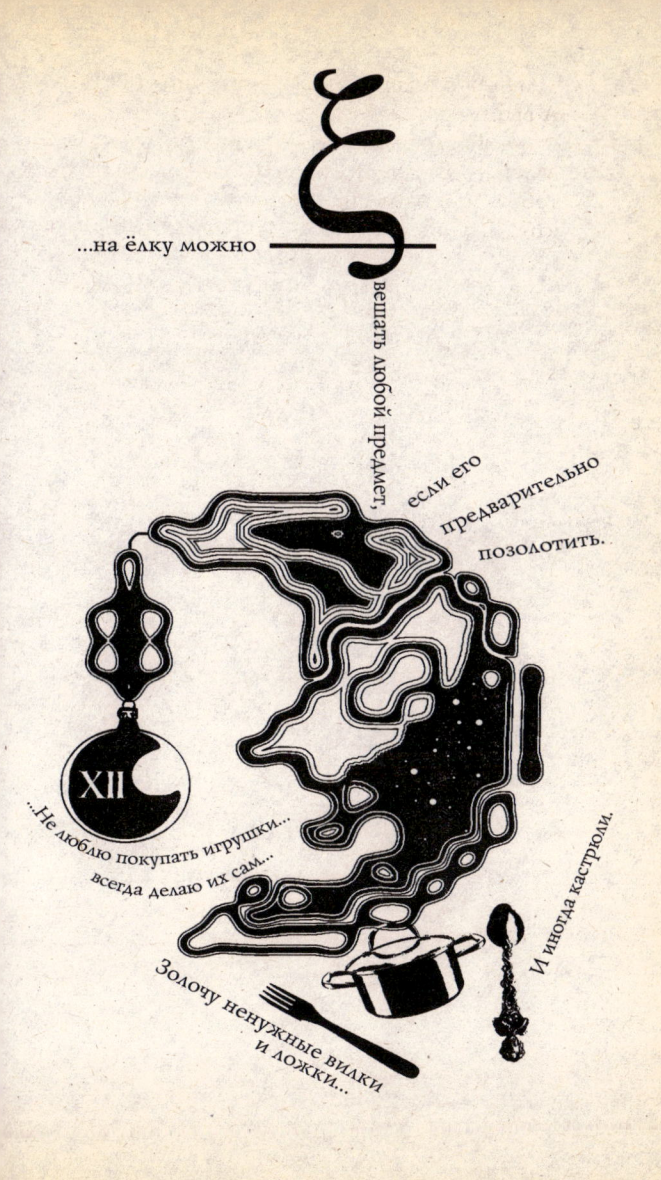

...на ёлку можно вешать любой предмет, если его предварительно позолотить.

...Не люблю покупать игрушки... всегда делаю их сам...

Золочу ненужные вилки и ложки... И иногда кастрюли.

Вова дал мне адрес Карины. Я купил цветы и подъехал к её дому.

Из ворот, украшенных витиеватым чугунным вензелем, вышел всё тот же смурной водитель. При виде меня взгляд его нисколько не смягчился.

Руками я объяснил ему, что хочу видеть Карину.

Он молча смотрел на меня.

Я решил, что он не понимает язык своей хозяйки, и попытался объяснить наглядно. Я показывал на себя, потом на окно, где предположительно могла находиться девушка, потом топал ногами, изображая слово «пришёл», потом распахивал своё сердце и радостно улыбался.

Водитель молчал с невозмутимым видом.

— Карина дома? — наконец спросил я.

Он, не отвечая, закрыл передо мной дверь и открыл её только минут через пять.

Я прошёл за ним в просторную, в голубых тонах гостиную. На стенах висели лирические акварельки, и я сразу понял, что это рисует Карина.

— Почему ты не сказал мне, что умеешь говорить? — сразу спросила она меня руками.

— Не знаю. Я делаю это редко. Только в крайних случаях. — Я пожал плечами. Как бы она не решила, что я её обманываю.

В гостиную вошёл водитель и сел у окна, за небольшим шахматным столиком. Он покрутил в руках чёрную пешку и сделал ход.

— Ты живёшь одна? — спросил я.

— С мамой, — ответила Карина. — А как ты меня нашёл?

— Очень сложно. Но я не спал и не ел, пока не узнал, где ты живёшь. — Я покосился на водителя. Он сделал ещё один ход белыми.

— Хочешь есть? — улыбнулась Карина.

— Нет, — улыбнулся я. — Просто хотел тебя увидеть.

Чёрная пешка съела белого ферзя. Я перестал следить за партией.

— Скоро Новый год, — сказала Карина.

— Хочешь, я привезу тебе ёлку? И мы её вместе нарядим? — предложил я.

Карина обрадовалась. Она только сегодня утром поручила это своему водителю, но, конечно, лучше пусть привезёт ёлку её ухажёр.

Она ещё ни разу не наряжала ёлку с мужчиной.

Карина всё-таки принесла чай и шоколадные конфеты.

Водитель заново расставил фигуры на столе и вышел.

Когда я уезжал, Карина поцеловала меня в щёку.

— Жди меня с ёлкой, — пообещал я.

— Буду ждать тебя. — Карина сделала едва уловимый акцент на слове «тебя».

Я сел в машину под подозрительным взглядом водителя. Видимо, он всё ещё не мог мне простить историю с яхтой.

«Карина, конечно, хорошая, — думал я. — Кого ещё любить, как не её?»

Город был залеплен снегом, и я пробирался на машине по едва расчищенным улицам.

Она наверняка будет хорошей матерью. А её глухоту вылечат на Тете.

И волосы у неё в точности, как говорил мой отец.

Я удивился сам себе, когда понял, что мне было бы приятно, если бы Карина понравилась отцу.

«А кого ещё искать? — спрашивал я сам себя. — И вообще, сколько можно искать?»

Сворачивая на Рублёвку, я определённо решил, что влюблюсь в Карину.

Может, это и хорошо, что она глухонемая. Это так необычно.

А фигура у неё отличная. Даже в одежде.

И хороший вкус. Это значит — он передастся и детям. Она всегда будет обо мне заботиться. Я же стану для неё тем прекрасным принцем, который спас её от одиночества и показал жизнь, о которой она только мечтала, — на планете Тета!

Я был очень доволен собой. И — своим выбором.

Млея не было дома.

Я на всякий случай поехал на Ленинградку и поискал его.

Они были вместе — Ха и Млей.

Млей стоял на плечах у Ха, на нём был щит «Дублёнки тут».

Я не стал выходить.

Пусть делает, что хочет. Главное — я скоро выполню задание и полечу домой. А вот возьмём ли мы с собой Ха — ещё вопрос. В конце концов, кто-то же должен рекламировать дублёнки на Ленинградке. Это и называется — культурный обмен.

Мы остановились у ювелирного магазина на Тверской.

— А что хочет в принципе Наталья Петровна на Новый год? — поинтересовался я.

Млей пожал плечами.

— Как будто я каждый день бриллианты покупаю, — огрызнулся он. — Откуда мне знать? Кольцо, наверное, или серёжки.

Швейцар распахнул передо мной двери. Несмотря на кризис, магазин был полон покупателей. Никакой кризис не может отменить Новый год.

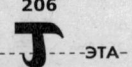

Млей склонился над витринами, а я позвонил Вове узнать котировки на бирже. Мне придётся продать пару акций в связи с предстоящими новогодними расходами.

— Газпром? — сразу включился Вова. — Я бы подождал продавать.

Млей мерил все кольца, браслеты и ожерелья подряд. Возле него, видимо, почувствовав солидного покупателя, вертелись три продавщицы, которые не обращали внимания на остальных.

— Видите, у меня клиентка! — говорили продавщицы.

А Млей видел перед собой только бриллианты. Почему-то, стоило ему примерить первое кольцо, как желание обладать всеми этими драгоценностями заполнило до краев его ментальное тело, не говоря уже о физическом. Он ни на кого не обращал внимания, и всё мерил, мерил...

Я объяснял Вове, что ждать не могу. Что понимаю, что такое голубые фишки (я не очень понимал, но название было знакомым, я читал об этом в газете), но жизнь диктует свои условия.

Кстати, спросил я, куда следует отнести акции, чтобы продать их.

— В каком смысле отнести, крошка? — не понял Вова.

— В прямом, — начал злиться я.

— Ты, вообще, что называешь акциями? — снисходительно поинтересовался Жаннин муж.

Млей, кажется, был готов купить весь магазин.

— То же, что и все: такие маленькие бумажки с водяными знаками, на которых крупно написано «ГАЗПРОМ», — язвительно ответил я.

Вова молчал.

— Крошка, и много у тебя таких бумажек? — поинтересовался он через паузу.

Млею снимали с витрины сапфировую диадему.

— Много, не волнуйся. — Вова стал казаться мне ограниченным алкоголиком. Как вообще я мог подумать, что у нас с ним может что-то получиться?

— А где ты их взяла? — продолжал допытываться он.

— Купила, Вова! Где же ещё?! — Я не повесил трубку только из вежливости.

Млей звал меня, размахивая рукой в толпе покупателей.

— За наличные? — уточнил Вова.

— Естественно! — Я кивнул Млею, что сейчас подойду.

— Крошка, ты, пожалуйста, не падай, но акции Газпрома существуют только в электронном виде. Тебя обманули, — сочувственно произнёс Вова. — Я бы убил тех, кто на бедных девках наживается!

Млей уже нетерпеливо звал меня по имени.

— Ты уверен? — спросил я Вову.

— Абсолютно. Я в этом бизнесе двадцать лет. Если тебя это успокоит — ты не одна такая дура. Это очень распространенное сейчас мошенничество, кризис... сама понимаешь.

Я отключился, не прощаясь, и машинально подошёл к Млею.

— Нравится? — У него на голове была диадема, а на шее — два ожерелья.

Его глаза блестели неестественным блеском.

— Нравится, — сказал я без всякого выражения. — Ты хочешь купить это Наталье Петровне?

— С ума сошёл?! — возмутился Млей. — Себе! А Наталье Петровне я ещё ничего не смотрел.

Я уныло кивнул, думая про акции и надеясь, что Вова ошибся.

Млей подошёл ко мне поближе и зло прошептал, чтобы не слышали продавцы. Но они всё равно не слышали.

— Если тебе скучно, необязательно стоять здесь с такой постной миной! Можешь оставить меня и приехать через час. — Он отвернулся. — Или через два, — добавил Млей через плечо.

Мне не хотелось оставлять Млея в магазине. Он почему-то казался здесь таким счастливым, что мне было приятно находиться рядом.

Но я уехал. Я влетел в свой номер, схватил три, потом вернулся и взял ещё десяток акций и подъехал к первому попавшемуся банку на Рублёвке.

Меня долго утешали сострадательные девушки-сотрудницы.

Они советовали мне написать заявление в милицию, и может быть, аферистов найдут.

Хотя вряд ли. Они поили меня кофе и коньяком.

— Совсем лицо потерял, — сказали они, когда я вышел.

— Даже не то что позеленел, а какой-то фиолетовый стал!

— Станешь тут фиолетовым, если он в них всё до последней копейки вложил!

Я вернулся в гостиницу.

Больше всего меня пугала не мысль о том, что мы остались без денег. Нет. Я с ужасом представлял, как скажу об этом Млею. Как он будет издеваться надо мной и как расстроится, если не купит эту диадему и те два ожерелья. И что там он ещё выберет за эти два часа.

Но сначала я должен избежать позора.

Я зашел в номер Млея, высыпал из мешка в камин все его акции, принёс свои и поджёг.

Акции сгорали так же быстро, как мои мечты о лёгкой наживе.

Я недооценил людей.

В тот самый момент, когда Млей стал недовольно озираться, разыскивая меня глазами, я с радостной улыбкой зашёл в магазин.

— Купим вот это, и это, — улыбнулся мне Млей, — и ещё вот это. Тебе нравится?

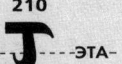

— Очень. А Наталье Петровне?

— А Наталье Петровне вот то небольшое колечко, — отмахнулся Млей. — И ещё вот этот браслет давай мне возьмём?

— Давай, — согласился я.

Млей даже немного взвизгнул. Продавцы стояли и радовались за него.

— Отложите нам это, мы выкупим завтра, — сказал я.

— Почему завтра?! — возмутился Млей. — Нам нужно не больше часа!

Он шепнул мне на ухо:

— Продадим акции — и сразу сюда!

— Давай. — Я кивнул. — Будем у вас через час! — бодро пообещал я продавцам.

В гостинице, обнаружив пропажу, Млей кричал и бил фарфоровые вазы.

— Мы заявим в милицию, — говорил я, — и воров, может быть, найдут!

— Заявим?! — Возмущался Млей. — Спасибо! Я уже заявлял один раз!

Я пытался его успокоить.

— Что делать с моими бриллиантами?! — сокрушался Млей.

— Мы купим их тебе в следующий раз, — обещал я.

— Я не хочу в следующий раз! — орал Млей. — Я хочу сейчас! И, именно эти! И потом — про какой это следующий раз ты говоришь?!

Я ушёл к себе в номер и начал со всей силы колотить по груше. Постучалась администратор в боксёрских перчатках, и я пустил её.

Когда я вернулся в комнату Млея, он лежал на кровати и смотрел в потолок.

Я поднял с пола журнал с какой-то афроамериканской моделью на обложке и положил рядом с Млеем.

— У меня есть деньги, — сказал Млей. — Я же зарабатываю. На них-то я и выкуплю бриллианты.

— Нет, — возразил я. И неожиданно пообещал Млею, что завтра всё, что он выбрал, у него будет. В качестве подарка на Новый год.

Млей вскочил на ноги и переспросил:

— Всё-всё, что я выбрал?

— Всё-всё, — кивнул я.

Это было нарушением 5 правила Межпланетного путешественника. Межпланетный путешественник не мог использовать свои знания и навыки в собственных, корыстных целях.

Но у каждого правила есть исключения, которые только подтверждают правила.

Глубокой ночью я сидел в машине напротив ювелирного магазина на Тверской.

В конце концов, что такое «корыстные цели»? Это когда что-то делаешь для себя.

Я же собирался сделать это для другого.

Мне самому эти бриллианты тысячу лет не нужны. А может, и больше.

К тому же, налаживая контакт, мы должны оказаться на новогодней вечеринке у

Натальи Петровны. А без подарка мы на вечеринку пойти не можем.

И вообще, это можно расценить как ответный удар человечеству: человечество забрало у нас деньги, а мы у человечества — бриллианты.

«Это в первый и в последний раз, — решил я. — Никогда больше, что бы ни случилось в жизни, я не пойду на грабёж».

Вооружённые охранники ювелирного магазина на Тверской неожиданно для себя испытали чувство невесомости и эйфории. Они танцевали в воздухе, обнимались и целовались. Они любили друг друга и весь мир. Поэтому, увидев в дверях странное фиолетовое существо с небольшим мешком, они моментально полюбили и его тоже. Они впустили его в магазин, обнимали и целовали его. Когда оно достало из витрины какие-то украшения, они помогли уложить их в мешок. Ещё несколько часов после того, как я ушёл, они парили в воздухе, прикладывая к своим ушам серьги, обнимаясь и целуясь.

Я занёс украшения Млею в комнату и оставил их на столе.

Млея не было.

Карина радовалась ёлке, как маленькая.

Я даже на какой-то момент пожалел, что не прихватил в магазине подарок и ей тоже. Но сразу отогнал от себя эти мысли. Хотя представляю, как красиво все эти серьги и бусы смотрелись бы на ёлке.

Карина мастерила игрушки сама. Она посыпала позолотой шишки, склеивала кораблики из картона, приделывала тесёмку к конфетам, и я развешивал всё это на колючие ветки.

Я понял, что на ёлку можно вешать любой предмет, если его предварительно позолотить.

— Не люблю покупать игрушки, — сказала Карина руками.

— Я тоже всегда делаю их сам, — ответил я.

— А как? — обрадовалась Карина.

— Золочу ненужные вилки и ложки, — нашёлся я. — И иногда кастрюли.

— Кастрюли?! — засомневалась Карина.

— Маленькие такие, знаешь, из детского набора! — Мы покупали их с Вовой его дочке на Новый год.

«У него есть другая жизнь, — подумала Карина, — о которой я ничего не знаю. И не хочу знать».

— А где ты собираешься провести новогоднюю ночь? — спросила Карина, тщательно склеивая из фольги огромную конфету.

— С друзьями. Давно договорились, — ответил я, когда она на меня посмотрела. — Хотя это ещё не точно.

Она благодарно улыбнулась.

**О**А вы, простите, инопланетянин-мужчина или инопланетянин-женщина?

— У высокоразвитых существ подобное разделение отсутствует, поскольку не имеет никакого принципиального значения

Млей снова приехал к Ха.

Он должен был помогать ему, потому что Ха совсем отчаялся; он перестал выходить на работу, и хозяин щита «Дублёнки тут» грозился его уволить.

От отчаяния Ха пристрастился к наркотикам. И теперь Млей, не жалея денег, нанимал лучших докторов, чтобы вылечить Ха.

— Я снова тебе на плечи? — предложил Млей.

— Нет, давай попрыгаем! — возразил Ха.

— Щит я надену? — спросил Млей.

— Ладно, давай я, а то ты вчера и позавчера в нём ходил, — проворчал Ха.

Он надел щит, и они радостно взлетали в воздух, развлекая прохожих.

— Дублёнки тут! — орал Млей, уверенный в необходимости аудиоподдержки визуальному ряду.

— Дублёнки тут! — орали они хором.

Иногда дети останавливались напротив них, раскрыв рты, но матери тянули их дальше, а дети ещё долго оборачивались, выискивая в воздухе странных существ.

— Дублёнки тут! — начинал Млей, взлетая.

— И тут! — подхватывал Ха.

— Теперь ты щит, — попросил Ха.

— Ладно, — согласился Млей.

— Постоишь тут, я забегу в магазин — погреюсь? — попросил Ха.

Млей внимательно посмотрел на него.

— Только без глупостей, Ха! — строго сказал Млей.

— Не волнуйся! Я же сказал — погреюсь! — возмутился Ха и пошёл в сторону магазина.

Млей делал вид, что прыгал, а сам не сводил внимательного взгляда с его удаляющейся фигуры. Ему было о чём волноваться: сорвись сейчас Ха, и все усилия, которые предпринимал Млей целый месяц, окажутся напрасными, всё полетит в тартарары.

— Никогда не ожидала увидеть тебя в таком виде, — услышал он знакомый женский голос.

Бывшая журналистка гламурного издания, а теперь — скромная послушница женского монастыря, в чёрном подряснике, с коробочкой для рождественской милостыни, она смотрела на своего возлюбленного и не понимала, почему он прыгает посередине Ленинградского шоссе с надписью «Дублёнки тут» на груди.

— Ты?! — ещё больше удивился Млей.

— Я, — улыбалась она. Улыбка её стала какая-то другая, но какая — Млей объяснить не мог. Он ещё не встречал таких улыбок на Земле.

— Ты же должна была умереть ещё три месяца назад! — сказал он, поглядывая в сторону магазина. Ха пропал из поля его зрения.

— Должна была, — снова улыбнулась она. — Но твоя любовь спасла меня. Я очень тебе благодарна.

— Моя любовь?! — переспросил Млей.

— Да, — просто ответила она. — Так бывает. Если очень любишь человека, то с ним ничего не случится. И вот видишь: я живу. И ты тоже — моими молитвами.

Ха не было уже довольно долго. Млей нервничал и злился на себя за то, что отпустил его одного.

— Удивительно, — сказал Млей.

Она засмеялась, не сводя с него светлых искрящихся глаз.

— Я ведь никогда не любил тебя, — сказал он. — Это ты себе всё придумала. А твоя болезнь — это реально. Я никогда не ошибаюсь.

Она смотрела на него и хотела что-то сказать, хотела улыбнуться, думая что он шутит, но вдруг отчётливо поняла, что он говорит правду. Она сама себе всё придумала. Он никогда не любил её.

— Я пойду, ладно? — Млей опустил в её коробку сто рублей. — У меня там дело срочное, окей?

Она кивнула.

— Иди, — и улыбнулась. Какая разница? Она-то его любит по-настоящему. И значит, всё у него будет хорошо.

— А ты хорошо выглядишь! — Млей неожиданно вспомнил, как она в белье и на каблуках гордо садилась в свою машину. — Тебе идёт это платье.

— А тебе этот щит! — пошутила она.

— А помнишь, как я тебя отшил? — развеселился он.

— Ух, и злилась я тогда! Готова была тебя убить! — рассмеялась она.

— А помнишь, ты придумала игру? В любовь?

Млей смотрел на неё, и ему было странно представлять себе, что когда-то эта монашка сидела в его кабинете, закинув ногу на ногу и нагло смеясь ему в глаза.

— Помню, — кивнула она. — А тебя особо упрашивать не приходилось!

— Ну ещё бы, такая красотка! — хохотал он.

— Ты сказал, у тебя дело срочное? — Она ласково посмотрела ему в глаза.

Он кивнул, снова вспомнив про Ха.

Придерживая щит, он побежал к магазину. И не увидел, как на пешеходном переходе водитель огромного громыхающего грузовика не справился с управлением и сбил женщину в чёрном подряснике. Она попала ему под левые колёса, а коробочка с рождественской милостыней отлетела к ногам хромой старушки, пересекавшей проспект на этом же переходе.

— Всё-всё, иду! — сказал Ха. Он стоял в магазине и грел руки о батарею.

Млей облегчённо вздохнул.


— Ты доволен? — спросил я Млея, входя в его комнату.

— Чем я должен быть доволен, по-твоему? — поинтересовался Млей. Он переписывался с кем-то в Odnoklassniki.ru.

Меня покоробила такая неблагодарность, но я решил не затевать ссоры.

— Украшениями, которые я тебе подарил к Новому году, — сдержанно сказал я.

— Да?! — Млей живо обернулся ко мне, тут же забыв про Интернет. — Где они?

— Как где? — Мне была неприятна игра, которую затеял Млей, кружась вокруг меня.

— Я оставил их на твоём столе вчера утром! — Я начал раздражаться.

— На столе? — Млей кинулся к столу, смахивая с него апельсиновые корки, какие-то бумажки и золотистую новогоднюю звёздочку. — Где?!

Я тоже начал перекладывать всё с места на место, хотя уже было ясно, что украшений здесь нет.

Мы посмотрели под столом, потом зачем-то под кроватью, в камине, откуда уже успели вычистить золу, оставшуюся от акций, Млей пооткрывал все шкафы и, наконец, выскочил в коридор.

— Ограбили! — в бешенстве закричал он администратору. — Второй раз ограбили! Это ты, старая дура, воруешь по номерам?!

Администратор встала, посмотрела на Млея невидящим взглядом и вдруг нанесла ему короткий удар правой в то место, где у людей находится нос.

Млей упал.

Администратор села.

— Что у вас случилось? — спросила она меня.

— Пропали драгоценности... А ещё раньше... акции... — промямлил я, наблюдая, как Млей на полу медленно открывает глаза.

— Почему не заявили? — строго спросила администратор.

Я пробормотал что-то невнятное и потащил Млея в комнату. Уложив на кровать, я предложил ему лёд.

— Хорошо, что у меня нет носа, — сказал Млей.

— Да. — Я постарался улыбнуться.

— Это ты идиот! — сказал Млей. — Только что у нас украли акции, зачем же ты оставил на столе бриллианты?! А?!

Я молчал.

— Идиот. Просто идиот, — повторял Млей.

Я зачем-то ещё раз посмотрел под столом. Потом мне на секунду показалось, что я всё перепутал и на самом деле оставил украшения в своём номере. Я побежал туда, но их там не оказалось...

— Уходи, — сказал Млей, когда я вернулся. — Я не хочу тебя видеть.

Я колошматил по груше до вечера следующего дня, точнее до Новогодней ночи.


Млей купил на свои деньги подарок Наталье Петровне, и мы отправились в гости.

Весь дом был украшен разноцветными огоньками и зажжёнными факелами.

Гостям вручали костюмы и маски прямо у входа. Наталья Петровна устроила костюмированный бал.

Я психанул и сказал, что уже переоделся — в инопланетянина. Млей со мной всё ещё не разговаривал. Он нарядился в розовое платье принцессы. Когда ему на голову надевали пластмассовую корону, он бросил на меня выразительный взгляд.

Наталья Петровна была в костюме футболиста, причём на майке была указана её фамилия.

Жанна надела свадебное платье в кровавых пятнах из фильма «Kill Bill», а её муж примерил костюм Серого Волка из детского мультфильма.

— Мне будет в нём жарко! — возмутился Вова, который меня, конечно, не узнал — и даже вообще не заметил.

— Надень его на голое тело, — посоветовала Жанна.

Режиссёр Котов вместе со своим молодым любовником представляли собой пару гангстеров времён 60-х. Чёрный костюм, тонкие усики, чёрные очки вместо маски. Белый шёлковый платок в кармане.

Остальные гости были Белоснежками, гномами, Снежными Королевами, добрыми и злыми волшебниками, троллями и Бэтманами.

Последним пришёл Карлсон.

Вечер вёл молодой человек в жёлтом парике, фотографии которого украшали все журналы, которые так любил Млей.

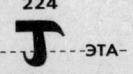

Музыкальных коллективов, в связи с кризисом, было немного, но те, что были, очень старались, поскольку обычный новогодний «чёс» в этом году ограничивался двумя— тремя предложениями, и ребята соскучились по работе.

Несколько официантов разносили напитки, а президент России ровно в 12 сказал речь.

В 12:15 речь сказал Млей. Он забрал микрофон у ведущего и пространно рассуждал о человечестве.

Ему аплодировала одна Наталья Петровна, а режиссёр Котов предложил вернуть микрофон ведущему.

— Симпатичный костюмчик, — сказал мне режиссёр Котов.

— Спасибо, — улыбнулся я. — Ну а с вами прямо страшно стоять рядом — так и кажется, что сейчас выхватите пистолет.

— А вы, простите, инопланетянин-мужчина или инопланетянин-женщина? — поинтересовался Котов.

— У высокоразвитых существ подобное разделение отсутствует, поскольку не имеет никакого принципиального значения, — ответил я. — Это пережитки прошлого. Если хотите — анахронизм.

— Вот как? — Он пошевелил своими тонкими усами. — Вы полагаете, совсем отсутствует?

— Это разделение существует при рождении, так же, как существует генная память у младенцев и многое другое. Но с возрастом стирается.

Режиссёр Котов посмотрел на меня с жалостью и остановил проходящего мимо официанта с виски.

Карлсон пригласил меня на танец.

Режиссёр Котов был похож на моего отца. Только с отцом мне никогда не было интересно, а с Котовым — было. Как только песня закончилась, я вернулся к столику, за которым Котов сидел уже с новым бокалом виски.

— Может быть, вы правы, — сказал он, продолжая наш разговор. — И для прогресса это всё действительно не так важно... Но ведь скучно! — Он развёл руками. — Скучно! Вы не находите?

Я промолчал.

Скука — это занятие, с которым я впервые столкнулся на Земле. И это при том, что разделение особей по половым признакам у них — основа мироздания.

— А дети? — продолжал Котов подцепив оливку. — Вот я сегодня живу, как представитель высокоразвитого общества, у меня всё есть, что мне надо; никаких рисков, никаких сбоев. Но каждый день я думаю о том, что мне нужна дочь.

Он выпил виски до дна и улыбнулся мне.

— У вас есть дети? — спросил он.
— Нет, — ответил я.

— Почему? — Он снова пошевелил усами.

— Я ещё не встретил того... человека, с которым...

— Да, да, — перебил Котов. — Понятно.

— Вы можете усыновить детишек... Как Анжелина Джоли, — предложил я, посмотрев на Вову. В костюме Серого Волка он рычал и пугал гостей.

— Моя семья не совсем традиционна... в общепринятом смысле... так что это невозможно, — вздохнул он. И поискал глазами своего молодого любовника. Тот болтал о чём-то с Млеем и заразительно хохотал.

Я подумал о том, что у моего отца есть ребёнок. Это я. И раз я у него есть, значит, он так же мечтал обо мне, как мечтает о дочери режиссёр Котов.

Мне было приятно думать, что мой отец обо мне мечтал.

Я дал себе слово, вернувшись на Тету, пересмотреть все его фильмы.

— Над чем сейчас работаете? — спросил я Котова. Потому что никогда не спрашивал об этом у своего отца.

— Так... картина в стиле фэнтези. В духе времени.

Всех позвали смотреть салют.

Разноцветные огни с грохотом пробивали небо и тут же умирали, под радостные крики и аплодисменты людей.

Я подошёл к Млею.

— С Новым годом, — сказал я.

Млей посмотрел на меня через плечо и отвернулся.

За всю дорогу домой мы не сказали друг другу ни слова.

# π — «Скорая»?

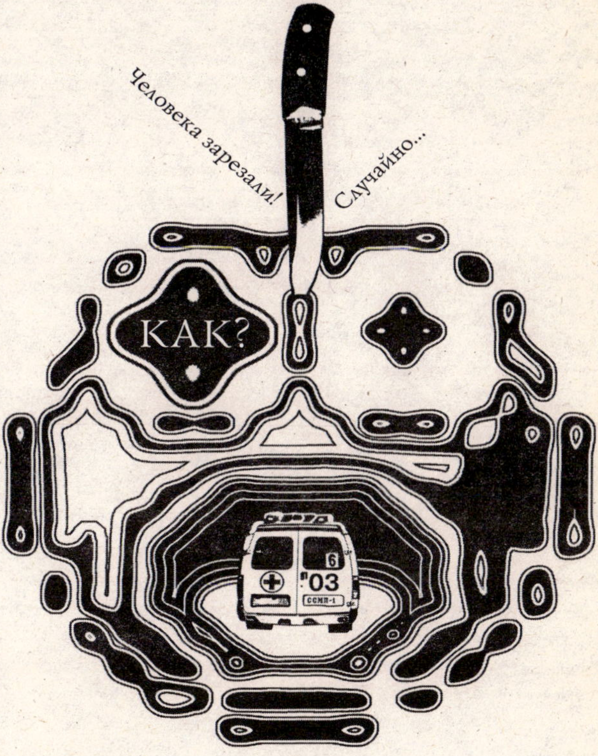

Я решил переехать.

Мне уже нечем было платить за гостиницу. О том, что можно попросить денег у Млея, я даже и думать не хотел.

Дело в том, что у меня не было денег вообще.

Я решил, что могу оставить машину себе. Не то, чтобы она принадлежит мне больше, чем Млею. Просто она мне нужнее.

Единственным местом, куда я мог переехать, чтобы не ночевать на вокзале, была комната Ха. Я мог бы помогать ему рекламировать дублёнки, и мы бы делили пополам и комнату, и зарплату.

В конце концов, осталось всего два месяца до того дня, когда корабль заберёт нас с Кариной на Тету.

Два месяца — не такой уж большой срок, чтобы я не мог провести его в коммуналке. С Ха и плакатом «Дублёнки тут».

Администратор попросила оставить ей боксёрскую грушу, я забрал только гантели.

Я потоптался некоторое время перед комнатой Млея, не решаясь зайти попрощаться.

Так и не решился.

Видеть Млея на самом деле не очень и хотелось. Слушать его язвительные слова о том, что я идиот, мне надоело.

Когда Карина родит мне ребёнка, тогда посмотрим, кто идиот!

Я подъехал к Ха на машине рано утром, когда он только вышел на работу.

— Сигареткой не угостишь? — спросил Ха.

— Не курю.

— А гантели тебе зачем? — Ха переминался с ноги на ногу, пытаясь согреться.

— Я хотел бы пожить у тебя пару месяцев, — сказал я. — Можно?

— У меня? — недовольно переспросил Ха. — А деньги у тебя есть?

— Нет. Из-за чего бы, как ты думаешь, я стал к тебе переезжать?! — Меня уже начал злить этот разговор.

— Да... — Ха задумчиво посмотрел на меня. — На Рублёвке не каждый может удержаться... тут главное не быть идиотом!

— Ты пустишь меня или нет? — спросил я в лоб.

— А Млей где?

— Млей там. При чём тут Млей?

— Ну ладно, — решил Ха. — Только кухню и туалет, когда тётя Зоя напьётся, ты будешь убирать вместо неё.

— Хорошо, — сказал я.

— И когда наша очередь — вместо меня тоже.

— Ладно.

— И утром, с девяти до часу ты будешь стоять со щитом!

— Хорошо.

— А с восьми до десяти тридцати вечера уходить — потому что ко мне барышни заглядывают.

— Что ещё?

— Ты готовить умеешь?

— Нет. Но я могу научиться.

— По утрам будешь готовить овсянку и яйцо «Бенедикт». По рукам?

— По рукам!

— И каждый вечер будешь ездить в Шереметьево и узнавать насчет рейсов на Сириус!

— Молодые люди, а где дублёнки-то? — спросила женщина в огромной меховой шапке.

— Там! — сказали мы одновременно и протянули руки в сторону магазина.

— Хорошо. Буду ездить в Шереметьево, — согласился я.

— И заходить в магазин, узнавать не привезли ли зарядное устройство!

— Ладно.

— А ты массаж умеешь делать? — спросил Ха.

— Я умею боксировать, — сказал я.

Ха дал мне ключи и велел, как устроюсь, прийти его подменить.

Я понёс гантели на свою новую жилплощадь.

В отличие от Рублёвки, здесь было полно людей.

Они были на улице, в подъезде нашего дома и даже у нашей двери.

Они спали на коврике и громко храпели.

Я перешагнул через них и открыл дверь.

Меня встретила тётя Зоя. Она была одета в белую мужскую майку и чёрные спортивные штаны на резинке. Её голова была похожа на ромашку, с которой оборвали все лепестки.

— Принёс? — прошамкала она беззубым ртом.

— Нет, — сказал я. — Я ваш новый жилец.

Она заулыбалась.

— Со мной, что ль, будешь жить?

— Нет. Я буду жить в комнате Ха, — сказал я.

— Ясно: педик! — вздохнула тётя Зоя. — Куда мир катится?!

В комнате Ха стояли три раскладушки и табурет с деревянной хлебницей.

Разбитое стекло Ха крест-накрест заклеил медицинским пластырем.

Я заглянул в хлебницу — она была пуста.

Я лёг на раскладушку и стал думать про Ха, Млея, Наталью Петровну и решил посмотреть Хроники Акаши.

Средневековая Германия.

Тяжёлые железные ворота замка были открыты настежь уже с рассвета.

На башнях трепетали от восторга флаги. Женщины во дворе голосили и пытались в последний раз обнять своих мужей, ударяясь об их доспехи.

Мужчины выступали в крестовый поход.

В своей спальне баронесса безутешно плакала о муже, которого не увидит несколько лет. Свечи вздрагивали в ответ на её стоны и плакали вместе с ней.

В ожидании предстоящего одиночества она бессильно колотила кулачками по «поясу верности», в который муж — снова! — заковал её.

Она даже не вышла с ним проститься. Она не хотела, чтобы он прочёл в её глазах решимость — поквитаться с ним, чего бы это ни стоило.

Она уже не любила его. Она его ненавидела.


Я не стал смотреть дальше. Всё было ясно. Она отомстила мужу и стала в следующей жизни Натальей Петровной. И теперь уже ей отомстил муж. Изощрённо. Явившись в следующем воплощении просто импотентом.

Я даже развеселился. И захотел рассказать эту историю Млею.

Но мне надо было идти работать.

Ха без разговоров повесил на меня щит, показал, как прыгать, и пообещал вернуться через пару часов.

Я добросовестно прыгал, но на улице был такой мороз, что редкие прохожие вообще не обращали на меня внимания.

— Новый костюм? — спросил мужчина, который до этого рассматривал меня из витрины магазина. — Почему не согласовали?

— Тот порвался, — сказал я. И вспомнил, что Ха скоро придёт. — Но я его починю.

— Смотри, без фокусов — уволю без выходного пособия! У меня тут таких инопланетян безработных знаешь, сколько ходит!

— Я стараюсь, — испугался я.

Он оценивающе оглядел меня, поправил на мне щит и удовлетворённо кивнул.

— И прыгай повыше! — сказал он на прощанье.

Максимально высоко я прыгнул в тот момент, когда подошёл Млей.

— Ты уехал из гостиницы? — спросил он зло.

Я прыгнул ещё раз и закричал:

— Дублёнки тут!

Хотя на улице никого не было.

— Мог бы мне сказать! — возмутился Млей.

Я прыгал к нему спиной.

— Где Ха? — спросил Млей.

— Дублёнки тут! — заорал я какой-то парочке, размахивая руками.

— Ладно... — протянул Млей. — Ты забрал машину?

Я упорно прыгал.

— Думал, я приду выпрашивать её у тебя? — продолжал злиться Млей.

— А где метро? — спросил мужчина в клетчатом пальто.

— И не подумаю! Я себе новую куплю! У меня-то деньги есть!

— Дублёнки тут! — заорал я, чтобы не начать орать на Млея.

— А где метро-то? — снова спросил мужчина.

Пошёл снег. Снежинки скапливались на голове Млея и, не тая, образовывали снежную шапку.

Я прыгал, и поэтому с моей головы их сносило, и они падали на асфальт.

Мужчина в клетчатом пальто махнул рукой и пошёл дальше по Ленинградскому проспекту.

Я так увлечённо прыгал, что не видел, когда уехал Млей.

Ха не появлялся до самого вечера.

— Дублёнки тут! — твердил я без энтузиазма редким прохожим.

— Для первого раза неплохо, — похвалил меня Ха, когда наконец неспешно ко мне подошёл. — Ты чего потом делаешь? Может, в пиццу зайдём?

— Нет, у меня свидание, — устало сказал я.

У меня не было никаких сил шевелить руками, разговаривая с Кариной. Но в этот день она была в настроении поболтать.

Я смотрел на неё, устроившись в подушках на диване. Она рассказывала мне про какие-то новые книги и фильмы. И про то, что хочет кошечку.

— Ты любишь кошечек? Я тебя уже три раза об этом спрашиваю! — Карина немного рассердилась.

Я спохватился.

— Конечно! — Я поднёс руку к сердцу. — Я обожаю кошечек!

Часа через два я решил, что можно уходить.

— Спокойной ночи, — сказал я ей руками.

— Почему ты уходишь так рано? — расстроилась она.

— Был тяжёлый день на работе, — объяснил я и покосился на её водителя. Он недовольно рассматривал меня. — Я приду, — пообещал я напоследок.

— Приходи. Я возьму для тебя этот фильм! Хочешь? — спросила она.

— Конечно! Мне будет очень интересно его посмотреть.

— Тебе взять американскую версию или европейскую? — уточнила Карина.

— И ту, и ту, — сказал я, потому что прослушал, о чём идёт речь.

Я поцеловал её в щёку, при этом она закрыла глаза, а потом водитель проводил меня до выхода.

Карина редко выходила из дома. Я считаю, это просто чудо, что мы с ней встретились тогда в магазине.

Когда я пришёл подменить Ха на Ленинградке, Млей был уже там.

Ха высоко прыгал, пытаясь согреться, а Млей приставал к прохожим:

— Зайдите в магазин, вам понравится!

Я поздоровался с Ха.

— Давай ты будешь раздавать флаерсы! — предложил мне Млей.

Не обращая на него никакого внимания, я забрал щит у Ха.

— Ты что, со мной не разговариваешь? — спросил Млей.

— Я хотел, — сухо ответил я. — И довольно долго. А теперь мне это неинтересно.

— Вот как? — разозлился Млей.

Я пожал плечами.

Млей обиженно отвернулся.

— Пойдём, Ха, — сказал он. — А то мне надо ещё в «БорисХоф» заехать — машину купить. Какую-нибудь получше. Что это мы с тобой на такси ездим, будто у нас денег нет!

Ха, подпрыгивая, побежал догонять Млея.

Млей попросил остановить такси у цветочного киоска.

С некоторых пор он полюбил цветы. Он покупал их огромными охапками и привозил в гостиницу.

— Опять цветы? — недовольно поморщился Ха.

— Я быстро, — пообещал Млей и купил все белые розы, которые были у продавщицы. Шестьсот двадцать девять штук.

Ха сидел на заднем сиденье весь в цветах и боялся пошевелиться, потому что шипы вонзались в него со всех сторон.

— И воняют! — пробурчал Ха.
— Пахнут! — возразил Млей.
— И колются! — жаловался Ха.
— Потерпи, сейчас уже приедем.
— Твой друг Тонисий не ездит в Шереметьево! — вдруг вспомнил Ха. — Зачем я только пустил его?!

— Ты можешь переехать ко мне! — неожиданно предложил Млей, и ему самому эта идея очень понравилась.

— К тебе? — Ха покосился на цветы.
— Ну да! — радовался Млей. — И тогда ты можешь бросить свою работу!
— Ну, не знаю... — вздохнул Ха.
— Подумай! — уговаривал Млей.
— Правда, воняют, — неожиданно сказал таксист.

Млей отвернулся к своему окну и замолчал.

— Я подумаю, — пообещал Ха.
Млей кивнул.

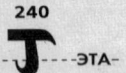

— Ты же понимаешь, что это непростое решение, Млей! — Ха понял, что Млей обижается.

Таксист остановил машину у офиса Млея.

— Взять и сразу отказаться от всего, что есть в жизни, — рассуждал Ха. — От всего, к чему я привык. И что я люблю...

— Я понимаю, — ласково проговорил Млей, отсчитывая таксисту двести рублей. — Но я не тороплю тебя. Подумай.

— Подумаю. Обещаю, — сказал Ха.

Он вытаскивал цветы из багажника, с заднего сиденья, и переносил их в офис. У секретарши уже были наготове вёдра.

Последним из машины, с розочкой в руке, вышел Ха.

— Ты недолго? — спросил он Млея.
— Нет-нет! Максимум час.

Ха попросил секретаршу принести чаю, а Млей заказал пиццу диабло.

— И мы поедем в «БорисХоф»? — уточнил Ха.

Млей кивнул, загружая компьютер.

Капсул оставалось совсем чуть-чуть. Они с Натальей Петровной приняли решение поднять цену. Млей обещал ей, что добудет ещё, просто вопрос времени.

Позвонила Жанна, но Млей не взял трубку. Последнее время, из-за кризиса в стране, у её мужа были огромные проблемы на работе. Ему пришлось заморозить все проекты, которые нуждались в финансировании. Банки отказывались платить деньги.

Жанна боялась, что через несколько месяцев они могут разориться.

Жанна, видимо, решила, что Млей не в офисе и перезвонила ему на мобильный.

Млей не ответил.

Компьютерная программа загрузилась. Они могут обслужить ещё восемнадцать клиентов. И всё.

«Побольше морковки, — подумал Млей. — Пусть едят одну морковку, может, похудеют и без моих капсул?»

А потом можно будет закрыть офис, сославшись на кризис. Без потери авторитета. Или что-нибудь придумать...

Ха сказал, что, наверное, скоро переедет к Млею.

— Тебе надо будет работать весь день, — Ха заваривал чай в алюминиевом чайнике. — А за то, что я тебя так отлично устроил, ты будешь отдавать мне десять процентов. Идёт?

Я кивнул.

Я очень сомневался в том, что захочу взять Ха с собой на Тету. Нет, нет и нет! Пусть остаётся здесь и работает инопланетянином! Сколько они там живут, триста лет? Вот и отлично! А если Млею хочется, пусть остаётся с ним.

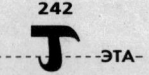

Я вышел из дома, наткнувшись на тётю Зою в белой майке и неопределённого цвета шарфике на шее — тётя Зоя ждала гостей.

— Вообще-то, насчёт двух постояльцев мы не договаривались, — прошамкала она.

— А двух и не будет, — ответил я.

Я прошёлся немного пешком по Ленинградке, но потом понял, что мне надо с кем-нибудь поговорить.

Карина? Нет. К Карине не хотелось, не в том я настроении.

Не то чтобы не хотелось, просто зачем грузить её своими проблемами? — сказал я сам себе.

Сел в машину и поехал куда глаза глядят. Как ни странно, через час оказался на Рублёвке.

Я решил, раз уж я здесь, заеду к Гале. Узнаю, как у неё дела.

Только бы не встретить Млея. А то ещё решит, что это я к нему приехал.

Оказалась Галина смена.

— Что с тобой?! — воскликнул я, не удержавшись.

Она снова была вся в синяках. Но на этот раз ещё и её левая рука висела, загипсованная, на марлевой повязке.

— Коля! — всхлипнула она, увидев меня.

— Я убью его! — Я со всех сил ударил кулаком по стене.

— Куда тебе! — продолжала всхлипывать Галя.

— Мне?! — возмутился я.

Мы стояли с ней в маленькой подсобке, набитой постельным бельём и пакетиками с одноразовым шампунем.

— Забыл, как он тебя в прошлый раз отделал? — напомнила Галя.

— Это кто тебе сказал?! — моему возмущению не было предела. — Это я его отделал! Он надолго запомнит!

— Ты, как же! — зло сказала Галя. — Скажи спасибо, что он тебя не покалечил!

В какой-то момент я пожалел, что Галя не глухонемая.

— Зачем он тебе? — задал я риторический вопрос. — Это же просто животное!

Она снова всхлипнула.

— Люблю его! — расплакалась она. — Он без меня пропадёт...

— Ну и пусть пропадёт! Ты молодая, красивая, у тебя вся жизнь впереди! — уговаривал я.

Она кивала и плакала.

— Брось ты его! — просил я.

— Уходи! — Она начала хватать с полок простыни и складывать их мне в руки. — Уходи! И не приходи больше! Я же просила тебя!

Я выкинул простыни в коридоре.

И вышел на улицу.

Коля оказался дома.

Я сбил его с ног двумя короткими ударами в лицо и одним — в почки.

Я не видел его лица, его тела — передо мной была тренировочная груша.

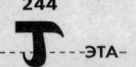

Матерясь, он поднялся на ноги.

Я подождал.

Я бил его без злости и ненависти; я просто методично наносил удары, один за другим.

В какой-то момент я пожалел, что со мной нет администратора: я привык тренироваться с ней.

Он ругался, хрипел и размазывал кровь по лицу.

— Зубы, сука! — сказал он, когда они посыпались изо рта.

Я взял его голову за волосы и пару раз ударил о табурет.

Он уже не пытался подняться.

Я хотел ему тоже сломать левую руку, но решил, что Гале это будет неудобно — ей и так долго придётся за ним ухаживать.

Я решил было затушить об него бычок — у меня была с собой сигара, — но не стал, получилось бы слишком, как в кино.

Я сел верхом на табурет, о который бил Колю головой, и стал похож на кентавра.

Он корчился на полу, бросая на меня ненавидящие взгляды.

— Ещё хочешь? — поинтересовался я.

Он медленно качнул головой и сплюнул.

— Будешь ещё Галю обижать? — спросил я.

Он снова сплюнул. Кровью.

— Забирай её себе, — прохрипел он.

— Не могу! — Я развёл руками. — Она тебя любит.

— Ну так и оставь её мне... А то ты... со своими подарочками... — Он смотрел на меня заплывшими глазами.

— Какими подарочками? — устало спросил я. — Ты бредишь? Тебе причину надо найти, почему ты девку бьёшь?

— А бриллианты эти? Я, что ль, ей подарил? — Он снова смотрел на меня с ненавистью.

— Какие бриллианты? — переспросил я. Хотя уже понял, какие.

— Корону эту! — крикнул Коля. — И бусы! И что там ещё?

Он попытался подняться, но движения давались ему с трудом.

Он сел на полу, прислонясь к стене.

И вытирая рукавом лицо от крови.

— Украла она, — тихо сказал я.

Коля внимательно посмотрел мне в глаза.

— Значит, не врёт?!

— Не врёт, — кивнул я.

— Вот... — Он снова выругался.

Бриллианты Млея нашлись.

Я сначала обрадовался и подумал, как счастлив будет Млей, снова нацепив себе на голову эту диадему.

Но нет. Я не собирался ему их возвращать!

— Это мой свадебный подарок, — сказал я. — Вам.

Я и не думал, что Коля бросится благодарить.

— Вот ещё что: ручка есть? И листочек? — спросил я.

— Завещание хочешь написать? — Он говорил медленно, распухший язык во рту еле шевелился.

— Расписку сейчас напишешь. Что обязуешься больше Галю не обижать, — объяснил я.

— Да пошёл ты! — усмехнулся Коля.

Я перевёл стоимость своего свадебного подарка в доллары. А потом, для пущей убедительности, — в евро.

Коля написал всё, что я ему продиктовал. И кинул расписку мне в ноги.

— Ты учти, — предупредил я, — бриллиантики палёные. И если слово не сдержишь, я дам знать кому надо. И тогда, за хищение в особо крупных, от 7 до 15 лет. Усёк?

Он кивнул.

Во дворе его дома я выкинул расписку в урну и прикурил сигару. Морозный воздух хрустел у меня на губах, а дым от сигары мгновенно замерзал, превращаясь в замысловатые снежинки.

У тёти Зои были гости.

Ха не было дома.

Наверное, катается где-нибудь с Млеем на его новой машине.

В комнату постучал и сразу вошёл пьяненький мужичок в рваных штанах. Его лицо было похоже на свадебный торт после дождя.

— Пойдём, компанию поддержи! — предложил он.

— Не пью, — ответил я.

— Не уважаешь? — Он сделал несколько неуверенных шагов. — Вот и Зойка говорит, жилец у неё какой-то злой, слова доброго не услышишь!

— Просто я не пью! — сказал я.

— И что, тебе лучше оттого, что не пьёшь? — не унимался мужичок. — Вот я пью — и я добрый! Пошли!

— Нет. Я бы хотел поспать, мне завтра на работу, — сказал я, чтобы от него избавиться.

Он ушёл, и они ещё долго обсуждали за стенкой, какой я козёл.

— Ты мало денег с него за комнату взяла! — говорил кто-то тёте Зое.

— Ну, я ж такая! — оправдывалась она. — Я думала, человек хороший — пусть живёт. А он прям как не человек оказался!

— А ты скажи, что подорожала комната! — посоветовал ей другой голос. — Вон, кризис, скажи!

— В кризис, наоборот, всё дешевеет, — сказал тот, что заходил ко мне.

Ему тут же авторитетно ответили:

— Дурак ты, Вась! Это у них дешевеет, а у нас дорожает!

— Это кто дурак?! — угрожающе спросил Вася.

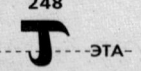

— Ты и есть. Зойка, ты зачем его пускаешь?! Он ещё с того раза мне пятьдесят рублей должен!

— А как не пускать? — Это был голос тёти Зои. — Мы же банда!

— А так не пускать! — угрожающе произнёс мужчина.

— Да я сам тебя сейчас! — закричал Вася.

За стенкой послышался шум, звук падающей мебели и возбуждённые голоса.

«Только бы не сожгли квартиру», — подумал я.

— Зарезали!!! — заверещала тётя Зоя.
— Звони в «скорую», дура!
— Дайте бинты!
— Да где я тебе бинты возьму?!
— Держись, Вася!
— Не дышит...
— «Скорая»? Человека зарезали! Как? Случайно. Да, Ленинградский проспект, дом...

Вместе со «скорой» приехала милиция.

Я лежал на кровати и слушал.

Они сразу договорились, какие показания будут давать.

— Мёртв, — сказал кто-то, видимо, врач.
— Всем сидеть и молчать! — крикнул чей-то голос, когда приехала милиция.

Пара ударов и пара охов.

— Кто пырнул? — грозно спросил тот же голос. — Быстро! А то вы все у меня в предвариловке...

— Сосед! — пискнула тётя Зоя.

И все дружно подтвердили.

— Где он? — спросил голос.

— У себя, у себя! — загалдели гости тёти Зои. — Мы-то что, мы просто собрались... кризис ведь...

Когда несколько человек в милицейской форме вломились ко мне в комнату, они увидели перед собой Ха — розового, жалкого, в резиновых сапогах и вязаной шапочке.

Я всё сделал для того, чтобы они его увидели. Я заранее настроился на их коллективную ментальную волну.

Меня заперли в камере и сказали, что допрашивать будут завтра.

Не придумав ничего лучше (я отбросил следующие варианты: Иисус Христос с картины Караваджо «Взятие Христа под стражу», стриптизер из «Эгоистки» и начальник отделения милиции), я предстал перед охранником в образе его мамы.

— Подойди-ка сюда! — я властно поманил его пальцем.

— Мамочка! — прошептал он и подошёл.

Я манил его пальцем до тех пор, пока он не просунул голову сквозь решётку.

Тогда я отвесил ему звонкую оплеуху.

— Прости, мамочка! — засуетился охранник, гремя замками.

— Опять ты меня расстраиваешь?! — грозно вопрошал я.

— Нет, нет, мамочка! — оправдывался он. — Это совсем не то, что ты думаешь!

— У меня давление... — пожаловался я.
— Всё, всё, прости! — Он распахнул дверь, и я вышел, на всякий случай еще разок ударив его по щеке.

Тётя Зоя с гостями пила, не чокаясь. За покойника.

— Помянешь Васю? — строго спросила она меня. — Хороший был человек.

Я молча опрокинул рюмку водки.

Тот, кто зарезал Васю, протянул мне огурец.

— Закуси, — сказал он.

Я хрустнул огурцом.

— Тебя там твой товарищ дожидается, — сказала тётя Зоя. — Слабенький. Выпил полбутылки и заснул на полу.

Ха, открыв рот, лежал на раскладушке и храпел.

— Я завтра переезжаю, — пробормотал он, когда я зажал ему нос. — Я буду жить на Рублёвке. С Млеем.

Я видел, как его выводили из подъезда в наручниках, рано утром, когда сам только-только собрался на работу.


— Мы заменили тебе слоган, — сообщил менеджер и выдал мне новый деревянный щит с верёвочками. На нём было крупно написано «Ура! Дублёнки!»

— Это уже диалог, — объяснил мне менеджер. — Люди будут спрашивать тебя:

а где дублёнки? А ты будешь говорить: тут! И показывать на магазин. Понял?

Я кивнул.

— Повтори! — приказал менеджер.

Я повторил.

— Молодец. Ну иди, и без самодеятельности!

— Ура! Дублёнки! — Кричал я и высоко подпрыгивал.

Млей приехал к вечеру. Припарковался ровно напротив меня на своей новенькой машине.

— Где Ха? — спросил он, не здороваясь.

Я изо всех сил выкрикнул новый слоган.

— Где Ха? — громко повторил Млей.

Я делал вид, будто не слышу.

— Не хочешь поговорить? — спросил он.

— Нет. Ура! Дублёнки!

— Хватит прыгать! — закричал Млей. — Ты можешь меня послушать?

Назло ему я стал прыгать ещё выше.

— Ну и пошёл ты знаешь куда?!

— Ура!

— Дурак! Просто дурак!

Он сел в свою машину, изо всех сил хлопнув дверью.

Я был доволен.

И мороз спал. Скоро начнётся весна, и нас заберут домой.

р

Тю-тю.

мы закрываемся. И сейчас то время, когда все закрываются! И покруче нас!

кРИзис

— Вова в ужасном состоянии, — жаловалась Млею Жанна, когда они с Натальей Петровной заехали к нему в офис. — Он даже начал мне грубить!

— Он? — удивилась Наталья Петровна. — Тебе? Никогда не поверю.

— Я бы тоже не поверила... — вздохнула Жанна.

Наталья Петровна купила новую маску для лица — освежающую и anti-age, — и поэтому все втроём они намазали голубую пасту себе на лицо — испытывали маску.

— Кризис, девочки, — тоже вздохнула Наталья Петровна, — мужики сходят с ума.

— Они и так сходят с ума! — возразил Млей.

— Да, а теперь представь, каково им в кризисе! Думаешь легко такое бабло терять? — Наталья Петровна проверила пальчиком, не высохла ли ещё маска. Палец испачкался в голубой пасте, и она вытерла его об диван. Потом вытерла диван сумкой.

— А разве она должна высохнуть?! — уточнила Жанна.

— Сейчас прочитаю. — Наталья Петровна достала инструкцию и поискала глазами текст на русском языке.

— Что мне с ним делать, не знаю... — Жанна как будто разговаривала сама с собой.

— Вот, нашла. Девочки, она не должна сохнуть, она должна впитаться.

— А скоро? — спросил Млей. — Не написано?

— Мы уже минут двадцать сидим. — Жанна тоже дотронулась до лица пальцем. — Что-то не впитывается.

— Подождём ещё, — решила Наталья Петровна.

— Я уже и ругала его, и не разговаривала с ним, — продолжала Жанна. — Ничего не помогает.

— Он вроде тебя так боится... — Млей пожал плечами.

— Боится?! — воскликнула Наталья Петровна. — Да он с ней в магазин вчера отказался ехать!

— Как отказался?! — не поверил Млей.

— Так! — кивнула Жанна. — Я ему говорю: поехали со мной, хочу себе чулки подкупить.

— А он? — спросил Млей.

— А он как начал орать! Чуть не дурой меня обозвал. Представляете?

— Ужас, — согласилась Наталья Петровна.

— Девочки, зачем я вообще эту маску делала? Мне сейчас опять краситься придется! — вздохнула Жанна.

— Давайте смывать! — тут же предложил Млей.

— Я ещё посижу, — решила Наталья Петровна. — У меня вроде начала впитываться.

Жанна и Млей умылись в туалете и вернулись.

— Режиссёр Котов обещал меня в кино снять! — кокетливо произнесла Наталья Петровна.

— А что твой-то? — спросил Млей.

— Не впитывается. Я, пожалуй, тоже умоюсь. — Она вышла.

— Не спрашивай её про мужа, — попросила Жанна. — А то она сразу плакать начинает.

— Так и живёт с той малолеткой? — уточнил Млей.

Жанна кивнула, тщательно припудрив лицо.

— Муся! А я решила тебе свои клипсы подарить! — сообщила Наталья Петровна, когда вернулась.

Они примерили клипсы Млею.

— Красиво! — выдохнула Жанна.

— Красиво! — согласился Млей, рассматривая себя в маленькое зеркало пудреницы.

Водитель Карины оставался всё таким же недоброжелательным по отношению ко мне. По-моему, он меня просто ненавидел.

«Завидует, — решил я, — нашему счастью».

Карина встретила меня в испачканном краской фартуке и с палитрой в руке.

— Как хорошо, что ты пришёл! — обрадовалась она. — Попозируешь?

Карина усадила меня на задрапированный чем-то красным стул и надела мне на голову шапку Деда Мороза.

— Не шевелись, — попросила она руками очень серьёзно. — Я буду писать твой портрет.

В комнате уже стояло несколько этюдников, и на каждом из них — портреты различных мужчин.

Карина бросала на меня быстрые взгляды и наносила на холст мазки.

— Есть какая-нибудь деталь, которая характеризовала бы только тебя? — спросила Карина.

Я задумался.

— Любимое стихотворение. Или воспоминание из детства. Это бы мне помогло! — Она мерила моё лицо карандашом, определяя пропорции.

— Гантели! — предложил я.

— Или гантели! — радостно согласилась Карина и тут же пририсовала в нижнем левом углу грушу времён Ивана Поддубного.

— А кто все эти мужчины? — спросил я, во-первых из любопытства, а во-вторых для того, чтобы Карина подумала, будто я ревную.

Она широко улыбалась и дразнила меня.

— Нет, правда, кто это? — настаивал я, эмоционально размахивая руками.

— Не шевелись! — строго посмотрела на меня Карина.

— Не буду позировать, пока не скажешь! — заявил я и нахмурился. И сощурил глаза. Как Бред Питт в «После прочтения сжечь».

— Ну ладно, не дурачься! — попросила Карина. — Мне работать надо.

— Скажи! — настаивал я.

— Ты хочешь услышать это от меня? Ладно: это всё твои портреты! Доволен? Только не гордись слишком сильно. — Карина обиженно поджала губы.

Я немного удивился, но не подал виду.

— Я действительно хотел услышать это от тебя, — сказал я.

Карина улыбнулась.

Когда портрет был закончен — я узнал в нём волевой подбородок водителя, карие Каринины глаза, свои уши и чей-то внушительный нос, — мы сели пить чай.

— Этот портрет самый удачный, — сказала Карина.

— Из-за груши, наверное, — предположил я.

— Хочешь, он будет твой? Только если ты обещаешь повесить его над кроватью!

— Конечно! — с жаром откликнулся я. — Обещаю.

— Забирай.

— Прямо сейчас?

Она показала мне рукой: прямо сейчас.

Портрет был такой огромный, что с трудом влез в мою машину.

Дома я честно вбил над кроватью гвоздь и повесил портрет. Не стоит обманывать женщин по пустякам.

Мне пришлось попросить молоток у тёти Зои. Она, конечно, вызвалась мне помочь.

— На меня похожа, — прошепелявила она, глядя на портрет. — В молодости. Ох, и красавица я была!

— Ты, тётя Зоя, и сейчас ничего! — сказал я, водружая портрет на стенку.

— Ты уж не забирай её, когда переезжать будешь, — попросила она. — Оставь на радость старухе.

Я пообещал. Карина мне на Тете ещё сто таких нарисует!

— Ура! Дублёнки! — орал я, когда вышел на работу.

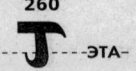

— Где дублёнки-то, молодой человек? — спросила тётка в каракулевой шубке.

— Там! — Я махнул рукой точно по сценарию менеджера.

Я прыгал и радовался: я зарабатываю деньги! Может быть, и до повышения допрыгаюсь. И тогда найму Карине учителя рисования. Я стал прыгать ещё выше. Нелегко работать — но надо!

Зазвонил телефон.

Я решил, что звонит Млей, но оказалось — Вова.

— Анжелина! — раздалось в трубке. Вова явно выпил.

— Ты что, забыл, как меня зовут? — холодно поинтересовался я.

— Анисья? — неуверенно предположил Вова и рассмеялся.

— Тонисия! — жёстко сказал я.

— Ох, какие мы злые! И какие страшные! Давай, дуй ко мне — гуляем сегодня! — хохотал Вова.

— Да пошёл ты... — сказал я.

— Чего?! — переспросил Вова сразу протрезвевшим голосом.

— У меня Карина есть, — сказал я. — Так что не звони мне больше, good bye!

И отключил телефон.

Грубовато конечно, но пусть скажет спасибо, что по морде не получил.

Я купил несколько биг-маков, целый пакет картошки фри с кетчупом и даже парочку вишнёвых пирожков.

Один я съел по дороге.

Я принёс всё это на свидание к Ха. Голодает ведь, наверное.

Ха очень изменился.

Но его худеньких длинных ручках и ножках появились угрожающие татуировки. Кроме «Бей мусоров» на левой руке, правая нога, обутая в кед, была живописно разрисована колючей проволокой и обнажёнными девицами с длинными волосами.

— Мокруху шьют, — сказал он, увидев меня.

Я сочувственно кивнул и выложил на стол биг-маки.

— Что за хрень ты мне принёс? — Он брезгливо заглянул в пакетик с картошкой.

— А чего бы ты хотел? — виновато спросил я.

— Да у меня всё есть! — Он потянулся и зевнул. — Это вон вертухаям отдай, а то кризис, говорят, жалко их!

Ха кивнул на охранника за решёткой.

— Дай сигаретку! — попросил его Ха.

Охранник, оглянувшись по сторонам и никого не увидев, принёс ему сигарету и дал прикурить.

— Может, тебе сигарет принести? — предложил я.

— Да есть у меня всё... Можешь денег дать, чтобы в карты было на что играть, а то уже перед братвой западло!

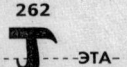

У меня было всего семьсот рублей, я отдал половину.

— Ещё побег мне вменяют, вояки позорные! — Ха ловко сплюнул на пол.

— Ну, в общем, тебе здесь хорошо? — спросил я для очистки совести.

— Неплохо, — пожал плечами Ха. — Но Зойку и подельников её порешу, как только откинусь!

Я немного испугался за тётю Зою. Хотя с другой стороны — сами виноваты.

Зачем Васю зарезали? Нормальный был мужик.

— А как ты думаешь, сколько дадут? — спросил я сириусянина.

— Лет пятнадцать, — авторитетно предположил он.

— Тётя Зоя не доживёт, — решил я, — алкоголь её погубит гораздо раньше.

— Тётя Зоя, где Ха? — спросил Млей. Над ухом у него красовалась белая гвоздичка, а на запястье позванивали блестящие браслеты.

— Улетел, — сказала тётя Зоя. — Тю-тю!

— Точно? — переспросил Млей.

— Точнее не бывает. Хочешь, я тебе мой портрет покажу? — предложила она.

— Нет, спасибо. Я тут оставлю кое-что для Тонисия, ладно?

— Ладно. Не деньги? А то он мне должен!

— Сколько? — спросил Млей.

— Сто рублей! — с вызовом сказала тётя Зоя.

Млей отдал ей сто рублей и спустился на улицу.

Я высоко прыгал со своим щитом, иногда зависая в воздухе.

— Привет, — сказал Млей.

Я промолчал. И исподтишка разглядывал браслеты на его руке — красиво.

— Я тебе там пригласительные оставил, — грустно сказал Млей, — на премьеру к режиссёру Котову, он очень просил. Придёшь?

— Не знаю, — бросил я небрежно. — Будет настроение — пойду, не будет — дома останусь.

— Ладно, — послушно кивнул Млей. — Ну пока?

Я отвернулся и высоко-высоко подпрыгнул. А когда опустился на землю, Млея уже не было.

— Ура. Дублёнки, — тихо сказал я. Без всякого настроения.

Млей нашёл в «Одноклассниках» Данилу. Он долго рассматривал его фотографию. Фотографии его девушек. Снова его фотографию. Данила улыбался за штурвалом спортивного самолёта.

Данила улыбался так, словно кроме него и этого самолёта в целом мире больше ничего не было. А может быть, и в целой вселенной.

Млей, зарегистрированный в «Одноклассниках» под именем Даша, предложил Даниле дружить. Данила согласился.

«А ты красивая, Даша», — прислал он сообщение.

«Да, говорят», — написал Млей в ответ.

«Ты знаешь Егора? Я сегодня иду к нему на др».

«Не знаю».

«Жалко, а то бы увиделись».

«Увидимся ещё», — пообещал Млей.

«Это приглашение на свидание?» — прислал Данила.

«Извини, мне пора бежать», — ответил Млей и вышел из «Одноклассников».

А потом ещё долго сидел и смотрел на пустой экран монитора.

Набрал номер администратора.

— Можно прислать мне белые розы? — спросил он.

— А что, те уже завяли? — удивилась администратор.

— Да, уже несвежие, — Млей разглядывал склонившиеся головки цветов, которыми была уставлена вся гостиная.

— Ладно. — Администратор повесила трубку и нашла в журнале раздел «Новости спорта». Крупным планом фотография — Кличко. Она встала со стула и сделала «троечку» — два коротких выпада и один длинный — левой. В почки.


— Я должна сказать тебе кое-что важное! — проговорила Наталья Петровна, когда Млей приехал в офис.

— Давай. — Он засунул в рот последний кусок пиццы диабло.

— Сядь! — Наталья Петровна сама села в кресло.

— Я сижу! — удивлённо констатировал Млей.

— Я оформила документы по усыновлению, вернее, по удочерению ребёнка, — медленно сказала Наталья Петровна, чинно положив руки на коленки.

Млей пару раз крутанулся в своём кресле.

— Ну и дела! — присвистнул он. — Как ты решилась?

— Не знаю. — Она вздохнула. — Мне кажется, я ещё до конца и не решилась...

Зазвонил телефон, Млей не ответил.

— Но уже оформляешь документы? — уточнил Млей.

— Да. Она очень хорошенькая. Девочка. — Лицо Натальи Петровны расплылось в улыбке. — Семимесячная, правда, но здоровенькая! Весит уже 2.150 — это отличный вес!

— Здорово! — улыбнулся Млей. — Я рад за тебя. А кто её родители?

— В этом-то всё и дело... Папа её бросил ещё до рождения, а мама — малолетняя соплюшка. Всю беременность утягивалась, скрывала от родителей. Так доутягивалась, что преждевременные роды!

— Дура! — согласился Млей.
— Ты представляешь, какая там наследственность? — неуверенно спросила Наталья Петровна.
— Да что наследственность! — воскликнул Млей. — Ты дашь ей всё самое лучшее! Ты её всему научишь! С твоими-то возможностями! Знаешь, я бы и сам с удовольствием усыновила кого-нибудь...
— Ты ещё сама родишь, — махнула рукой Наталья Петровна, — влюбишься и родишь. А вот мой поезд...
— А у тебя теперь будет дочка! — радостно улыбнулся Млей.
Телефон снова зазвонил.
— А что не отвечаешь-то? — спросила Наталья Петровна.
Лицо Млея стало очень серьёзным.
— Таблетки кончились! — Он развёл руками.
— Как кончились?! — не поняла Наталья Петровна.
— Вот так. Тю-тю.
— Ты шутишь?! — закричала она.
Портрет президента на стене качнулся.
— Не шучу! — громко ответил Млей. — Так что мы закрываемся. И сейчас то время, когда все закрываются! И покруче нас!
Млей взял со стола пластмассовую баночку, в какие они раньше фасовали капсулы, и запустил её в урну в углу комнаты.

— Ну уж нет... — помотала головой Наталья Петровна.

— В каком смысле? — уточнил Млей.

— Морковка-то не кончилась! — торжествующе произнесла она. — А ты что думаешь, если месяц морковку жрать, не похудеешь?!

— А капсулы?! — ошарашенно спросил Млей.

— Витамины будем давать, — решила Наталья Петровна, — рыбий жир. Чтоб морковка усвливалась.

— А это не вредно? — спросил Млей на всякий случай.

— Вредно! — возмутилась Наталья Петровна. — Да нам придётся ещё цену поднять!

— Как это? — обрадовался Млей.

— Во-первых, это будет морковка из органического магазина, — Наталья Петровна загибала пальцы, — а во-вторых...

— Что во-вторых? — не терпелось Млею.

— Загар! — торжествующе воскликнула Наталья Петровна и вскочила с кресла, крайне довольная собой. — Знаешь, какого цвета будет лицо, если месяц одну морковку есть?

— Нет, — покачал головой Млей.

— Загорелого! — подытожила Наталья Петровна. — Так что наш курс дорожает ещё на десять тысяч! Ура!

— Ура! — согласился Млей.

Когда Наталья Петровна уходила, документы на удочерение она на всякий случай оставила в офисе.

— Ты не представляешь, какая с ними волокита, — объяснила она Млею, — не дай бог их потерять!

Млей спрятал документы в сейф, туда, где хранил свою шкатулку с бижутерией.

Я взял с собой Карину на премьеру фильма режиссёра Котова.

Карина вышла ко мне в джинсах и с перепачканным краской лицом. Я заставил её переодеться и умыться.

В длинном вечернем платье и соболиной накидке от «Маруси» она смотрелась так эффектно, что все мужчины на премьере оборачивались нам в след.

Возле буфета я заметил Млея. Он не сводил глаз с Карины, потягивая из огромной кружки пенистое пиво.

В ушах Млея висели огромные серебряные серёжки.

Я обнял Карину за талию и провёл в зал.

Возле двери я хотел оглянуться, но заставил себя этого не делать — я и так знал, что Млей смотрит нам вслед.

У меня было отличное настроение, и я шепнул что-то Карине на ушко.

Она удивлённо посмотрела на меня.

Я спохватился и сказал ей руками:

— Ты у меня самая красивая!

Она ответила:

— Но теперь мы можем идти домой?

Люди исподтишка поглядывали на неё: такая красивая девушка, и глухонемая!

Млей зашёл в зал через другие двери.

— Нет, останемся, посмотрим кино! — сказал я так, как обычно мы с ней разговаривали, — руками...

— Но я ничего не слышу! — возмутилась она.

Мы создали небольшую пробку на входе, и я слегка подтолкнул Карину в зал.

— Я не пойду! — показала она мне руками.

Я поймал на себе взгляд Млея.

— Не хочешь — не пойдём! — сдался я, слащаво улыбаясь. — Только поцелуй меня.

Карина стала рассерженно пробираться к выходу. Нарядные мужчины и женщины уступали ей дорогу. Я бежал следом.

Прозвенел третий звонок.

Карина захлопнула дверцу своей машины прямо у меня перед носом. Если бы он у меня был.

Водитель радостно нажал на газ, обдав меня грязью растаявшего снега.

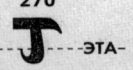

— Ах так?! — возмутился я.

После премьеры, на праздничной вечеринке Млей подошёл к Котову — триумфатор, почему-то в форме лётчика, как падший ангел, одиноко сидел у стойки и глушил виски.

— Поздравляю! — сказал Млей.

Котов кивнул.

Видя, что Котов находится в той самой кондиции, когда можно обходиться без вступительной речи, Млей поведал ему свой план.

— Вам же всё равно нужны дети, — сказал Млей, — указывая глазами на любовника Котова в противоположном конце зала. — У вас молодая семья.

Котов снова кивнул.

— А Наталья Петровна — женщина в самом соку. Она родит вам такого малыша! — продолжал Млей. — И вы будете воспитывать его втроём: представляешь, как повезёт ребёнку!

Котов кивнул.

— И гены у него будут что надо: творческие! — улыбнулся Млей. — Подумаешь?

— Подумаю, — сказал Котов и сделал знак бармену. Тот приготовил ему ещё одну порцию виски.

— Обещаешь? — настаивал Млей.

— Обещаю.

— Ну, ладно. Позвони, если надумаешь. Окей? А я переговорю с Натальей Петровной.

Режиссёр Котов несколько раз кивнул.


— К тебе! — крикнула тётя Зоя мне в дверь, когда я пришёл с работы.

Я решил, что это её собутыльники пришли просить у меня деньги, поэтому не откликнулся.

Деньги мне самому были нужны. В Москве страшно дорогой бензин.

Дверь распахнулась, и на пороге я увидел Млея.

На нём было сверкающее, всё в стразах длинное чёрное платье в пол. В уши Млей вдел такие же сверкающие серёжки, и мне показалось, что он стал выше ростом. Точно — на фиолетовых ногах Млея были золотые босоножки на шпильке.

— Хэловин, что ли? — спросила тётя Зоя, закрывая дверь.

— Здравствуй, — сказал Млей. — Можно войти?

— Заходи. — Я не мог отвести глаз от такого количества сверкающих камней.

— Я хочу поговорить с тобой, — сказал Млей.

— Ладно, — согласился я.

— Красивая картина, — кивнул Млей на мой портрет. — Очень похоже.

— Да? — удивился я.

— Да. Вылитая тётя Зоя.

Млей немного помолчал, крутя на пальце кольцо с огромным фиолетовым камнем.

— Занимаешься? — Он кивнул на гантели.

— Иногда, — сказал я. — Редко. Работы много.

— Видел я твою работу... — сказал Млей. — Но я не об этом. Где Ха?

— Ха? — Я безразлично пожал плечами. — Понятия не имею.

Видел бы он сейчас своего синюшника Ха!

— Я просто очень переживаю за него! — сказал Млей.

— Давно ты стал таким переживающим? — не удержался я.

— Тонисий! — сказал Млей и так сильно дёрнул кольцо, что я думал, он оторвёт палец. — Я понимаю, что ты ревнуешь, но это просто глупо! И необоснованно! Ха слабый и я...

— Я, ревную?! — возмутился я на всю квартиру. — Я ревную?! Да ты с ума сошёл!

— Сошла, — тихо исправил меня Млей.

— Что? — не понял я.

— Не важно. Тебе — не важно. Просто скажи мне, где Ха? Он правда улетел?

Я вскочил и бегал по комнате из угла в угол. Млей сидел в кресле, поджав ноги.

— Я! ревную! — Я продолжал возмущаться. — Да ты видел мою Карину?! Ты Карину видел?!

Млей кивнул.

— Ты что, думаешь, если разоделся во все эти блестючки, то стал на Карину мою похож? Ты так думаешь? Да где тебе!

Млей смотрел на меня, и неожиданно глаза его наполнились слезами. Он вскочил и побежал к выходу.

— Стой! — закричал я.

Он хлопнул дверью, но и через дверь я слышал стук его каблуков по лестнице.

Я ударил кулаком по стене, и в ней образовалась дырка.

— Заплатишь, дебошир! — сказала тётя Зоя.


Я приехал к Млею в гостиницу. За стойкой администратора сидела Галя и вязала крошечные носочки.

— Меня повысили, — улыбнулась она.

— А прежняя администратор где? — спросил я, косясь на лифт.

— В большой спорт ушла, — ответила Галя. — Ты как?

— Нормально, — я кивнул. — А ты? Коля не обижает?

— Нет, что ты... — Она как-то застенчиво улыбнулась.

— А сестра? — продолжал я свои расспросы, оттягивая тот момент, когда постучусь к Млею.

— А сестру мы к себе забрали, — снова улыбнулась Галя. — Ей с нами лучше, всё-таки и уход, и компания.

— Так и не выздоровела? — спросил я.

— Выздоровеет, — убеждённо ответила Галя.

Млея дома не оказалось.


Я не вышел на работу.

Менеджер звонил в дверь, кричал, что я алкоголик и наркоман, но я велел тёте Зое не открывать.

Она испуганно вжалась в угол и крестилась на свой портрет.

Я думал о Млее.

Я всё время вспоминал его глаза, полные слёз.

Как будто я не защитил его от чего-то.

Мне хотелось кричать и кусаться.

Или сделать что-нибудь хорошее.

Я даже в какой-то момент решил, что помогу Ха бежать, но испугался за тётю Зою.

Я просто лежал и ничего не делал.

Менеджер сам надел мой щит и уныло подпрыгивал.

А я снова и снова видел перед собой глаза Млея.

Какой же я идиот!

Что я там говорил ему про Карину?


— Я не могу, — сказала Наталья Петровна.

Она вместе с Млеем и Жанной покупала для Жанны биотуалет. Удочки и рыболовное снаряжение они уже купили. В результате кризиса Вова потерял своё почётное место в списке Forbes. Одновременно с ним он потерял всех своих девушек.

— Все продажные суки, — говорил он.

А потом с ним случилась метаморфоза — как только он перестал изменять жене, у него пропало чувство вины перед ней. А как только пропало чувство вины — он перестал прощать ей её хамское к нему отношение.

— Мы уезжаем в Тверскую область! Собирайся! — заявил он. Давно уже, в каком-то журнале Вова прочёл про бизнесмена, который всё бросил и уехал с семьёй жить в деревню — разводить кур, овец и воспитывать своих пятерых детей.

— Ты совсем дурак? — привычно поинтересовалась Жанна.

Но Вова треснул кулаком по столу так, что на первом этаже зазвенела люстра, и Жанна послушно начала собираться.

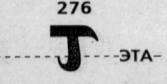

— А вам одного биотуалета на всех хватит? — спросил Млей. — Может, пару купить?

В том доме в Тверской области, который Вова срочно приобрёл для проживания, удобства были на улице.

— На кого на всех? — переспросила Жанна. — Ты думаешь, у нас там штат обслуги? Ничего подобного: я с мужем и дочь!

— А я вам даже завидую! — вздохнула Наталья Петровна. — Я бы за своим не то что в Тверскую область, я бы в Тму-тараканью поехала!

— Ну да, романтично, — согласился Млей. — А что ты не можешь-то? — спросил он подругу, пока Жанна расплачивалась за туалет.

— Ребёнка этого взять! — ответила Наталья Петровна и чуть не расплакалась.

— Я знала, — сказал Млей. — Ты слишком эгоистка, чтобы воспитывать чужих детей.

— И что мне теперь делать? — всхлипнула Наталья Петровна. — Мне и малышку эту жалко! Что она обо мне подумает, когда вырастет?

— Девочки, не надо плакать! — К ним подошла Жанна. — Ничего страшного не происходит. Вы ещё ко мне в гости приезжать будете — на всё свеженькое.

— Я мечтаю попробовать парное молоко! — сказал Млей.

— Фу, гадость! — сморщилась Наталья Петровна.

— А воздух! Вы знаете, как долго люди живут на таком воздухе? Пойдёмте, я там ещё фильтры для воды присмотрела. Или родниковую воду не надо фильтровать?

Φ

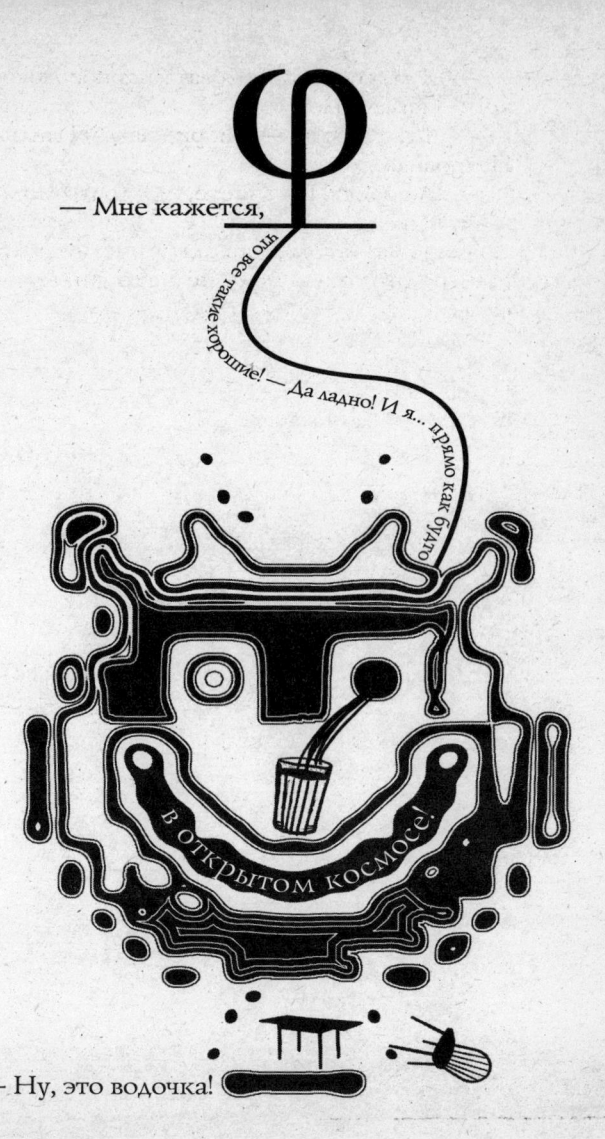

— Мне кажется, что все такие хорошие! — Да ладно! И я... прямо как будто в открытом космосе!

— Ну, это водочка!

Мне хотелось что-то делать.

Я решил, что мне надо поехать к Карине и объясниться с ней.

Светило уже почти весеннее солнышко; птицы прилетели из-за рубежа и громко делились впечатлениями.

Я позвонил в домофон.

Никто не отвечал.

Я представил себе её водителя, который злорадствует перед экраном монитора.

Я ухватился за край забора, подтянулся и оказался на заборе верхом.

Водитель выбежал из дома.

— Ты чего себе позволяешь?! — заорал он.

Я спрыгнул на землю.

— Мне надо поговорить с Кариной, — сказал я.

— А ей не надо! — нагло ответил водитель. И преградил мне дорогу.

— Не нарывайся! — предупредил я.

В тот момент, когда мы оба встали в боксёрскую стойку, на крыльце появилась Карина.

— Заходи, — кивнула она.

Я прошёл мимо водителя, слегка задев его плечом.

На мольбертах и этюдниках стояли уже другие портреты. По маленькому рулю в нижнем левом углу нетрудно было догадаться — чьи..

— Чего ты хочешь? — холодно спросила Карина.

— Поговорить, — сказал я. Руками, естественно.

Я и сам толком не понимал теперь, зачем я приехал.

— Говори. Только недолго — я собираюсь ужинать.

Я молчал.

Карина тоже молчала, насмешливо рассматривая меня.

Она решила, что я приехал просить прощения за своё поведение на премьере.

— Ты очень хорошая, — сказал я.

Она слегка наклонила голову.

— И поэтому я не хочу тебя обманывать.

Она подняла на меня удивлённые глаза.

— Со мной что-то произошло в последнее время; я хочу, чтобы всем было хорошо. — Я говорил, и сам понимал, как тупо выгляжу. — Мы с тобой очень разные, — вздохнул я. — Даже не то чтобы очень, а совсем...

Карина выронила из рук кисточку и смотрела на меня с ненавистью.

— Ты только не обижайся... — сказал я и тут же испугался, что она сейчас заплачет.

— Уходи, — сказала Карина. — Ты нарочно пришёл, чтобы сделать мне больно!

— Нет! — закричал я и снова перешёл на язык жестов. — Ты должна мне верить.

— Уходи. — В её глазах действительно появились слёзы.

Я решил открыться. Я поставлю нашу экспедицию под угрозу, но больше никогда не увижу женских слёз! Клянусь.

— Я инопланетянин, — признался я.

— Убирайся! — сказала Карина.

— Но ты понимаешь, что мы не можем быть вместе?! Я прилетел с другой планеты! А ты — землянка!

Карина смахнула с мольберта картину на пол.

— Ты что, мне не веришь? — догадался я. И подпрыгнул до самого потолка.

Она швырнула на пол краски.

— Вот, посмотри какой я на самом деле! — Я предоставил ей возможность полюбоваться на меня такого, какой я есть: фиолетовый и без носа.

— У тебя другая женщина, — сказала Карина. — Она нормально слышит и говорит!

— Да нет! — закричал я. — Посмотри на меня, я вообще не мужчина, я — инопланетянин!

— Ты бросаешь меня из-за другой девки!

— Я не мужчина!

— Из-за какой-нибудь шлюхи!

Карина бросила в меня баночку с белилами. Они разлились по моему фиолетовому плечу.

— А вот я собачка! — придумал я.

Она увидела собаку, которая лаяла и виляла хвостом.

— А вот я попугай! — Я хотел, чтобы она мне поверила.

Карина увидела попугая, размахивающего крыльями.

— А вот я — подъёмный кран!

— Скотина! — сказала Карина, и в меня полетели банки с разноцветными красками.

В гостиную вбежал водитель.

— А вот я — женщина! — продолжал я.

Он схватил меня в охапку и потащил на выход. Я, настроившись на ментальную волну обоих, представлялся им то динозавром, то хомячком.

Водитель швырнул меня к моей машине.

— Ты и мизинца её не стоишь! — сказал он и сплюнул. — Ещё раз сунешься — убью! Понял, недоносок?

Я был весь в краске.

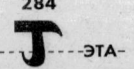

Я перепачкал всю машину.

Тётя Зоя ахнула, когда увидела меня.

— Что с тобой? — прошамкала она.

— Я не знаю, — сказал я и, к своему ужасу, чуть не расплакался. — Хотите, я дам вам денег?

— Давай! — обрадовалась тётя Зоя.

Я отдал ей всё, что у меня было, — рублей пятьсот и ещё мелочь.

Но лучше мне не стало.

— Может, за водочкой сгоняешь, раз ты такой добрый сегодня? — предложила тётя Зоя.

Я сгонял.

В магазине я встретил женщину, которая покупала колбасу для своей дочери.

— Не берите, она несвежая! — посоветовал я.

— А мясо? Вырезка говяжья? — спросили меня из очереди.

— Мясо берите, хорошее.

Продавщица недобро посмотрела на меня.

— А вы сумочку свою почините, — сказал я ей, — а то у вас деньги украдут. Завтра же премия должна быть?

Тётя Зоя ждала меня у двери.

— Думала не придёшь! — радостно улыбнулась она. — Давай выпьем!

— Я не могу, — сказал я.

— Почему? — простодушно огорчилась тётя Зоя.

— Вы увидите меня фиолетовым, — признался я.

— Ох, напугал! — Она рассмеялась своим беззубым ртом. — Ты и не представляешь, чего я только не видела! И мне это знаешь как? Фиолетово! Открывай!

Мы сели с ней на кухне и выпили.

— Ну рассказывай, чего это ты такой добрый стал? — пристала тётя Зоя.

— Не знаю. Со мной что-то такое происходит, ну как... как будто вы моя мама! — сказал я и выпил ещё.

— С чего это? — покосилась на меня тётя Зоя.

— Не знаю... И кристалл раздавили, не могу шарики на анализы сдать, — вздохнул я.

— Ну, с шариками-то у тебя всё нормально, — сказала тётя Зоя, доставая из холодильника огурец.

— Вы уверены? — уточнил я.

— Уверена. Будь здоров! А то ты какого-то цвета странного...

Мы выпили, и тётя Зоя закусила.

— Мне кажется, что все такие хорошие! — жаловался я.

— Да ладно! — удивлялась тётя Зоя.

— И я... прямо как будто в открытом космосе!

— Ну, это водочка! Я тебе давно говорила!

Я выпил ещё и упал на пол, замертво. Тётя Зоя полила меня водой из чайника.

— Я люблю вас, тётя Зоя, — пробормотал я и отключился.


В «Одноклассниках» Млей переписывался с Данилой.

«Может, уже увидимся?» — прислал сообщение Данила.

«Может», — ответил Млей.

«Когда?»

«А какие есть предложения?»

«Прямо сейчас».

«Нет. Я занята. У моей мамы сегодня день рождения и у нас полный дом гостей».

«Меня не приглашают?» — прислал Данила после небольшой паузы.

«В качестве кого?» — написал Млей.

«В качестве твоего друга. Ты имеешь что-нибудь против?»

«Пока не знаю».

«Ну так когда?»

«Завтра. Давай попробуем завтра».

«Где?»

«На бульваре, напротив Макдональдса».

«Не слишком романтично? Может в ресторане, холодно всё-таки!»

«Одевайся потеплее, и всё будет нормально».

«А почему ты против ресторана? Я приглашаю!»

«Встретимся там, а потом вместе пообедаем. В два. Да или нет?»

«Да».

Млей вышел из «Одноклассников» и взял телефон, который звонил не переставая минут десять.

— Аллё, — сказал Млей.

Оказалось, это молодой любовник режиссёра Котова.

— Ты совсем с ума сошла?! — орал он в трубку. — Ты хочешь, чтобы Котов трахнул твою подругу?

— Ну почему трахнул... — растерялся Млей. — Это может быть просто оплодотворение.

— Может, ты хочешь, чтобы он и тебя заодно трахнул?! — орал он.

— Если ты не успокоишься, я повешу трубку, — сказал Млей.

— У тебя есть любовник?!

Млей помолчал немного, а потом произнёс:

— Да. А что?

— И тебе бы хотелось, чтобы он трахал эту вашу Наталью Петровну или ещё какую-нибудь бабу?! — снова заорал он.

— Нет, — вздохнул Млей. — Точно не хотелось бы.

— А что же ты нам это предлагаешь?!

— Я имела в виду искусственное оплодотворение. Ты знаешь, что это такое?

В трубке раздались гудки.

Млей швырнул телефон в камин. Встал, достал его, отряхнув от золы. Понюхал букет роз и постарался успокоиться. Ему ещё надо было заехать в офис, взять документы, которые подготовила Муся Наталья Петровна на удочерение. И в её образе явиться завтра в Дом малютки. Забрать девочку.

Млей появился на бульваре ровно в два. Впереди он катил коляску, в которой спал младенец.

Сначала Данила увидел её — именно такую, какой он её себе представлял — высокую блондинку, лет двадцати пяти, с отличной фигурой.

Потом он увидел коляску.

«Вот чёрт!» — подумал Данила.

— Привет! — улыбнулся Млей.

Данила поцеловал её в щёку.

Они сели на скамейку, и Млей принялся качать коляску.

— Твой? — вежливо спросил Данила.

— Твоя, — многозначительно поправил Млей.

— А как же мы пойдём обедать? — спросил Данила.

— Ты что, не знал? Во все рестораны можно заходить с коляской!

— Здорово!

Они помолчали.

Данила хотел было спросить, кто папа, но побоялся всё окончательно испортить.

— Такое весеннее солнышко! — улыбнулся Млей, и Данила с удовлетворением заметил, что девушка с ним кокетничает.

«Может, всё не так плохо? — успокоился Данила. — Подумаешь, ребёнок!»

— Ну, тогда пошли? — предложил он. — А то уже холодновато что-то!

Они пошли в ресторан «Пушкин», который был прямо напротив.

— А что ты вечером делаешь? — спросил Данила, заказывая бефстроганов и селёдку под шубой.

Млей попросил принести двенадцать пирожков с мясом и солянку.

— Ничего.... — Млей пожал плечами.

Коляска стояла рядом. Младенец спал.

— Может, пойдём куда-нибудь? — предложил Данила.

Он уже перестал бояться ребёнка, и даже считал, что это очень сексуально — Мадонна с младенцем. Да ещё с такой фигурой!

— Вкусные пирожки! — радовался Млей.

— Ты что, правда все съешь? — удивился Данила.

Млей кивнул, он не мог говорить из-за набитого рта.

— Про таких, как ты, говорят: легче убить, чем прокормить! — рассмеялся Данила, протягивая Млею салфетку.

Млей неожиданно стал очень серьёзен.

— Знаешь, мама этой девочки умерла, — сказал Млей очень тихо.

— Не от обжорства, я надеюсь? — пошутил Данила.

— В тюрьме, — сказал Млей и посмотрел Даниле прямо в глаза.

— Ужас! — согласился Данила.

— Она была беременна, когда попала в тюрьму, и... её не смогли спасти. — Млей держал руки на коленях и не сводил взгляда с Данилы.

— Твоя подруга? — спросил Данила, делая вид, что сочувствует.

Он терпеть не мог, когда девушки начинали «грузить» его при первом же свидании.

— Да, — кивнул Млей и улыбкой поблагодарил официанта, который поставил на стол горячее. — Очень близкая.

— И ты его усыновила? — поинтересовался Данила.

— Удочерила. Это девочка. Хочешь посмотреть? — Млей опустил крышку коляски и Данила послушно заглянул туда.

— Правда милая? — спросил Млей.

— Дети все милые, — сказал Данила.

— Она была очень талантливой девушкой, моя подруга. И очень красивой.

— А как же она в тюрьму попала? — поинтересовался Данила.

— Знаешь, вся её жизнь кувырком пошла... после одного события... — задумчиво проговорил Млей.

— А папа? — спросил Данила. Он решил, что надо поскорее начать есть, иначе бефстроганов остынет.

— А папа этой девочки — ты, — сказал Млей.

— Что?! — Данила подавился, и ему пришлось долго откашливаться, как в плохом кино. — Да ты просто сумасшедшая!

Он бросил салфетку на стол.

— Она купила свитер в магазине, и ты сказал ей: хороший выбор. А потом оставил свой телефон. Его записал твой охранник на клочке бумаги. Вы встретились вечером в Shatush, а потом пошли тусоваться. И ты её изнасиловал. — Млей говорил так, словно читал сводку погоды.

— Что ты от меня хочешь?! — возмутился Данила.

— Я могу рассказать сцену на кладбище. Твой папа наставил на тебя пистолет и заставил извиниться.

— Хватит! — Данила развалился на стуле, давая понять, что шантажировать его — пустое занятие.

— Ты извинился. А потом спросил её: «Ты довольна?» И она ответила: «Не знаю».

Данила молчал.

Млей достал ребёнка из коляски и держал на руках. Девочка с розовой соской во рту мирно спала.

Данила закурил, пуская дым чуть ли не в личико ребёнка.

— Не подсчитывай, — догадался Млей. — Ребёнок родился преждевременно — семимесячным. Но без патологий, абсолютно здоровая девочка. И, кстати, на тебя похожа.

— Что ты от меня хочешь?! — снова спросил Данила.

— Забери её. Ты отец и ты сможешь много ей дать. Она будет любить тебя...

Данила встал.

— Я пошёл. С меня довольно.

— Ещё одну минуту, — попросил Млей. И что-то в его взгляде заставило Данилу опуститься на стул.

— Она знала, что умрёт, — сказал Млей. — А может быть, она умерла, потому что не хотела жить. Но она оставила тебе письмо.

Млей положил на стол сложенный пополам лист бумаги.

Данила, замерев, не мог отвести от него взгляда.

— Не бойся. Возьми! — попросил Млей.

Данила медленно протянул руку и взял листок двумя пальцами.

— Прочитай, — подбодрил Млей.

Девочка проснулась и захныкала. Млей достал из коляски бутылочку с водой, и она жадно принялась пить.

Данила медленно развернул письмо.

«Я прощаю тебя», — прочел он первую строчку и посмотрел на девочку.

Млей ему улыбнулся.

«Если ты читаешь это письмо, значит я уже умерла. И если ты читаешь его, это значит ещё одно — самое важное — моя дочь жива.

И я так завидую тебе, потому что вот прямо сейчас ты можешь посмотреть на неё. И взять её за ручку. Наверное, у неё такая крохотная ручка, что тебе даже смешно. Как хотела бы я тоже посмеяться над этим!

Так странно — когда ты будешь читать это письмо, я уже умру. Наверное, так будет лучше для меня.

Страшно только за дочь. Как она будет одна, такая маленькая и беспомощная. Обещай мне заботиться о ней. Я имею право тебя об этом просить.

Обещай мне.

Я верю тебе».

Данила встал. Бросил листок на стол.

Млей смотрел на него, укачивая ребёнка. Данила постоял секунду, хотел что-то сказать, но решил, что лучше просто уйти. Уйти и забыть.

Млей долго смотрел ему вслед. Девочка заснула.

Люди — **У**странные существа.

Они болеют, страдают и умирают — но им как будто бы до этого нет дела!

Я очнулся на полу тёти Зоиной кухни через три дня.

Она набрала полный рот воды и брызгала мне в лицо.

— Я таких слабеньких никогда не видела, — сказала тётя Зоя.

От неё всё ещё пахло огурцом.

— Поехали, — сказал я и понял: ЭТО не прошло; ЭТО всё ещё происходит со мной.

— Куда? — поинтересовалась тётя Зоя.

— Продадим машину и вставим вам зубы, — решил я.

Я посмотрел в окно и увидел, что со щитом «Ура! Дублёнки!» прыгает какой-то карлик.

Видимо, меня уволили.

Я продам машину и отвезу тётю Зою к ортодонту. Не то, чтобы мне хотелось, чтобы тётя Зоя вспоминала меня добрым словом, когда я улечу, — мне, честно говоря, было всё равно. Но видеть именно сейчас её счастливую улыбку было для меня почему-то важно.

И ещё я куплю цветы Млею.


Машину продать оказалось нетрудно. Её забрали у нас в первом же салоне, в который мы заехали. Тётя Зоя пыталась торговаться, но я сразу согласился на ту сумму, что предложил менеджер.

Менеджер явно обрадовался, и мне было приятно.

— Нечего деньги тратить, на метро доедем! — решила тётя Зоя, когда я стал ловить такси.

Я согласился.

В метро я пытался начать раздавать людям по двадцать евро, но тётя Зоя остановила меня мощным ударом в глаз.

Мы приехали в самую лучшую клинику, которую присоветовала справочная Билайн.

Самая лучшая клиника — это та, где нет очереди и тебе предлагают чай.

Это займёт не один день, объяснили нам, с удивлением рассматривая беззубый рот тёти Зои, и, возможно, даже не одну неделю.

Но оплатить надо было всё сразу.

Что я с радостью сделал.

И оставил там тётю Зою, которая истошно требовала наркоз.

У меня осталось денег на одну белую розу. Это при условии, что я поеду на метро.

Надеюсь, зубы тёти Зои будут производить на людей такое же впечатление, какое производил наш шикарный автомобиль.

«Может, она ещё замуж выйдет...» — размечтался я.

Может, и я женюсь?

Я очень долго и тщательно выбирал розу. Я хотел, чтобы она понравилась Млею.

Это была белая роза с зелёными листочками. Я отдал за неё 120 рублей. У меня ещё оставалось 40.

Я спросил, что можно купить на эти деньги?

Продавщица удивлённо улыбнулась.

— Может быть, ещё какой-нибудь цветок? — настаивал я.

Я бы мог подарить Млею белую розу и, например, белую хризантему.

— Хризантемы по 60, — сообщила продавщица.

Не хватит.

— Но я могу вам предложить сердечко. За 25. Оно украсит ваш цветок.

Я долго рассматривал сердечко и наконец согласился.

Гордый, я вышел из цветочного киоска.

Мне надо было закончить одно дело, а потом я пойду к Млею.

Сегодня за нами прилетал корабль, чтобы отвезти нас на Тету. С невыполненным заданием. Но меня это почему-то не беспокоило.

Ха привели в наручниках, все такого же худого и синего от татуировки.

Только на ногах у него были теперь новенькие белые кроссовки.

— Деньги принёс? — спросил сириусянин, не здороваясь.

— Нет, — вздохнул я. — Тёте Зое на зубы отдал всё, что было.

— Ох, теперь старушка кусаться будет! — засмеялся Ха, положив ноги на стол прямо передо мной.

— Мы улетаем, — сказал я.

— Да ладно! — Ха вскочил, и охранник прикрикнул на него. — Когда?

— Сегодня, — тихо сказал я.

— А как же я? Вы же обещали?! — Ха так разнервничался, что стал похож на прежнего Ха, мёрзнущего, без зарядного устройства и с межгалактической картой.

— Я устрою тебе побег, — прошептал я, косясь на охранника.

Ха часто-часто закивал своей продолговатой головой.

— У тебя есть какой-нибудь план? — спросил я.

— Есть. Если я проглочу ложку, меня переведут на больничку. Ты сможешь зайти туда, прикинувшись хирургом, главное, принеси две волыны, в общем, отобьёмся, но нужна машина, — не шевеля губами, протараторил Млей.

— Ложку? — не понял я. В прошлый раз он от биг-маков отказался.

— Да. Мы так всегда делаем, когда в медпункте сходняк намечается. Я же в авторитете, — добавил он, снова выкинув ноги на стол.

— Боюсь, волыны непросто будет пронести... — засомневался я.

— Ну и ладно, я заточку возьму, — не расстроился Ха. — В крайнем случае, двум волкам позорным точно глотку перегрызу!

Сириусянин с ненавистью посмотрел на конвойного.

— А как мы выйдем? — Я уже понял, что всю операцию по освобождению Ха мне придётся взять на себя.

— Замочим всех и выйдем, — улыбнулся Ха.

Я вздохнул.

— Ладно, я что-нибудь придумаю, — сказал я.

— И вот ещё что. — Ха сплюнул прямо на пол. — Кореша моего зацепим с собой.

— Кореша?! — воскликнул я. — Это невозможно!

— Возможно! — подбодрил меня Ха, подмигнув своим огромным овальным глазом.

— Невозможно, — твёрдо повторил я.

— Без кореша не уйду! — заявил Ха.

— Ну и оставайся! — сгоряча сказал я.

— Конвойный! — позвал Ха. — Уходим!

— Подожди! — Я вскочил и попросил ещё раз: — Подожди!

Сириусянин недовольно уселся на стул, дав отмашку конвойному.

— Ты же не собираешься брать с собой кореша на Сириус? — спросил я, взывая к его рассудку.

— Нет... — ответил он, подумав. — Его там на опыты заберут, а он всех этих докторишек просто ненавидит!

— Вот видишь, — обрадовался я. — Так зачем же вам вместе бежать? Мы ведь сегодня улетаем!

Ха надолго задумался.

Я терпеливо ждал.

— Жизнь — дерьмо, — сказал наконец Ха. — Но ты прав.

— Вот видишь! — обрадовался я.

— Я остаюсь, — решил он.

— Как?! — Я думал, мне послышалось.

— Вот так. И всё, разговор окончен. — Он встал.

— Ха, подожди, ты пожалеешь! Тебе дадут лет десять-пятнадцать строгого режима! — Я не мог поверить собственным ушам. Ха решил остаться в тюрьме, вместо того, чтобы лететь домой!

— Ну, вышку точно не дадут! — ухмыльнулся он.

— Ты не знаешь, что такое зона! Ты будешь клеить конверты или валить деревья! — Я изо всех сил пытался переубедить его.

— Кто познал жизнь, тот не работает, — сказал Ха, снова сплюнув.

Эту же надпись я прочел у него на груди.

— Конвойный! — заорал он. — Быстрее! А то в камере уже баланду дают.

Меня проводили к выходу, и я подумал, что было бы даже странно, если бы я пришёл к Млею с розочкой и с Ха.

Млей с девочкой только что пришёл из магазина. Он так и называл её: «девочка». Он считал, что имя должно подобраться само, потом.

Он разбирал одной рукой сумки с памперсами и детским питанием, другой тряс погремушку перед её личиком, а сам разговаривал по телефону, который придерживал плечом.

— И что, тебе позвонил сам Котов? — спрашивал Млей в трубку.

— Ага, представляешь, как это было для меня неожиданно! — отвечала Наталья Петровна.

— А он договорился со своим любовником? — уточнял Млей.

— Ну конечно, раз он сказал, что это их решение!

Девочка потеряла соску и громко закричала.

— Что это у тебя там? — спросила Наталья Петровна.

— Ничего, — сказал Млей, быстро отдавая соску ребёнку и гремя погремушечкой.

— Не поверишь, — рассмеялась Наталья Петровна, — мне уже везде дети мерещатся. Ну, ты будешь у нас крёстной мамой?

— Я, наверное, улечу, — сказал Млей.

— Муся, куда?! А потом, это же не завтра произойдёт: пока я забеременею, пока рожу...

— Ты сначала забеременей, а потом поговорим! — засмеялся Млей, меняя девочке памперс. Она болтала ножками и не сводила с Млея внимательного взгляда.

— Конечно забеременею! Куда я денусь, при нашем-то научном прогрессе!

— Никуда не денешься, — согласился Млей и надел девочке на голову розовую резинку с бантиком.

— Зато у нас будут сразу два папы, представляешь? У всех ни одного, а у нас — два! — Наталья Петровна была необычайно оживлённой. Млей уже давно не помнил её такой.

Он вскипятил чайник и развёл в стерилизованной бутылочке молочную смесь.

— Муся, у меня вторая линия, я перезвоню! — сказал Млей.

Это оказался Данила.

Млей сел на пол, держа бутылочку в руках.

— Где ты живёшь? — спросил Данила.

Млей сказал.

— Будь дома. Я сейчас приеду за ребёнком. — И он повесил трубку.

Млей ещё долго слушал гудки, не шевелясь и ни о чём не думая.

Отдать девочку?

Но ведь именно этого он и хотел!

Он подбежал к дивану, на котором лежал ребёнок, схватил его и крепко к себе прижал.

Девочка заплакала, и Млей вспомнил про молочко. Дал ей бутылочку.

Данила приехал очень скоро.

С ним были его отец и будущая няня девочки. Млей совершенно механически передал им стерилизатор, две пачки памперсов, целый мешок игрушек и ещё два с одеждой — всё то, что он успел купить за эти дни для ребёнка.

Отец Данилы деловито просмотрел бумаги, оформленные на Наталью Петровну. Он спросил, как с ней связаться, и Млей дал телефон. А также адрес — на всякий случай.

— Если тебе что-нибудь будет надо, звони, — сказал Млею Данила.

Млей в последний раз взял на руки ребёнка.

Няня терпеливо ждала.

Млей поцеловал девочку в тёплый носик и вдруг подумал, что может не отдавать её.

Это ведь всё неправда!

Данила для ребёнка гораздо более чужой человек, чем сам Млей! После этих дней, когда он так заботился о девочке!

— Она очень любит купаться, — сказал Млей.

Няня улыбнулась и кивнула.

Отец Данилы внимательно посмотрел на Млея.

— Вы сможете навещать её, — сказал он.
— Не смогу, — прошептал Млей.

Отец Данилы пожал плечами.

Данила протянул руки и аккуратно забрал у Млея ребёнка.

Девочка сосала соску и с удовольствием всех разглядывала.

Данила смущённо улыбнулся.

— Нас уже ждёт семейный доктор. — Отец Данилы посмотрел на часы. — Мы поехали.

Млей кивнул.

Отец Данилы подошёл и ласково похлопал Млея по плечу.

Данила с ребенком на руках боялся пошевелиться.

— Давайте я возьму малышку! — предложила няня в чёрном форменном платье и с профессиональной улыбкой.

— Нет, — прошептал Данила, качнув головой.

Млей так и не двинулся с места, пока за ними не закрылась дверь.

Галя, выйдя из-за стойки администратора, помогла им спустить коляску, которая еле уместилась в багажник машины.

Млей стоял у окна и долго смотрел вслед чёрному автомобилю с двумя мигалками на крыше.

Он взял телефон и набрал Наталью Петровну.

Чтобы она была в курсе.

— ...И знаешь что ещё? — спросил Млей так же грустно.

— У тебя всё нормально? — заволновалась Наталья Петровна.

— Подожди с оплодотворением, — сказал Млей.

— Что? — не поняла Наталья Петровна. — Почему?

— Подожди, — сказал Млей и повесил трубку.

Наталье Петровне будет звонить отец Данилы, а она как раз та самая женщина, о которой он мечтал после смерти жены.

Млей снова посмотрел в окно.

Вдруг они вернулись?! Вдруг передумали и уже едут обратно?

Млей бросился к двери и пулей вылетел на улицу. Быстрее, они возвращаются!

Никого не было.

И даже дождь — первый за эту весну — начался как будто для того, чтобы смыть следы этой машины. Машины, увёзшей от Млея девочку.

Ему не стыдно было плакать. Слёзы смешивались с дождём, и Млей размазывал их по лицу, не отводя взгляда от неба.

Он никогда не плакал так горько.

Он вообще никогда не плакал.


Я шёл пешком.

Солнышко светило мне в лицо и пели птички.

А может, мне казалось, что они поют.

Я шёл по улице, держал перед собой в вытянутой руке розу и улыбался.

Люди, которые шли мне навстречу, улыбались тоже.

А может, мне казалось, что они улыбаются.

Я прошёл весь Арбат, потом весь Кутузовский проспект и вышел на Рублёвское шоссе.

Иногда я представлял себе тётю Зою с открытым ртом и перепуганными глазами и тихонько хихикал.

В таком виде я действительно находил сходство между ней и портретом над моей раскладушкой.

Я любил и её, и портрет, и художницу, которая его нарисовала, и людей, которые шли или проносились мимо меня в чёрных машинах.

Люди — странные существа. Они болеют, страдают и умирают — но им как будто до этого нет дела! Они зачастую ведут себя так глупо и совершают столько ошибок, словно бессмертие — их единственная проблема.

Рублёво-Успенское шоссе, в районе деревни Барвиха. На зелёный свет здесь переходили дорогу продавец магазина телефонов и его немолодая жена.

Она держала его под руку, а он рассказывал ей про новую модель Nokia, которую они только вчера получили.

— Слушай, — остановилась она прямо на середине шоссе. — А я выключила духовку?

— Наверное, выключила, — сказал продавец. — Не стой посреди дороги, пошли!

— Наверное, нам лучше вернуться! — настаивала она.

— Вспомни, последний раз мы примчались домой от сына, потому что ты решила, что оставила включённым утюг, — ворчал продавец.

— Ты хочешь, чтобы я нервничала? — спросила она, не двигаясь с места.

Сотрудник ГИБДД махнул им дубинкой, собираясь переключить светофор.

— Конечно не хочу! — воскликнул продавец. — Ну что, вернёмся?

— Нет, ладно, пошли, — решила она. — Раз я вытащила торт, значит наверняка и духовку выключила.

— Вот видишь! — обрадовался продавец. — А торт точно вытащила? А то я уже настроился на чаёк с наполеончиком сегодня вечером!

Я увидел их издалека.

Они опасно стояли на середине шоссе и что-то обсуждали.

«Наверное, ссорятся», — подумал я и пошёл им навстречу.

Продавец и его жена удивлённо разглядывали молодого человека, который приближался к ним с белой розой в вытянутой руке.

У молодого человека что-то упало, он неловко наклонился, поднял какой-то предмет и сунул его в карман.

Так же смущённо улыбаясь, он протянул розу жене продавца.

— Вы такая красивая, — произнёс молодой человек. — Если ваш мужчина позволит, я бы хотел преподнести вам этот цветок.

Продавец важно кивнул, а его жена расплылась в улыбке.

— Спасибо, — сказала она, лукаво поглядывая на мужа. — Мне уже давно не дарили цветов.

Молодой человек как-то старомодно поклонился и пошёл дальше.

Продавцу даже показалось, что если бы у парня была шляпа, он приподнял бы её над головой.

— Кто это тебе давно цветы не дарил?! — спросил он жену, в душе страшно гордясь ею.

— Никто! — Она театрально вздохнула.

— Пойдём, я покажу тебе, что такое настоящие цветы, а не эта жалкая незабудка!

Теперь я шёл в сторону гостиницы Млея гораздо медленней.

У меня не было розы, которую я хотел ему подарить.

Я шёл всё медленней и уже думал о том, чтобы вернуться.

τ

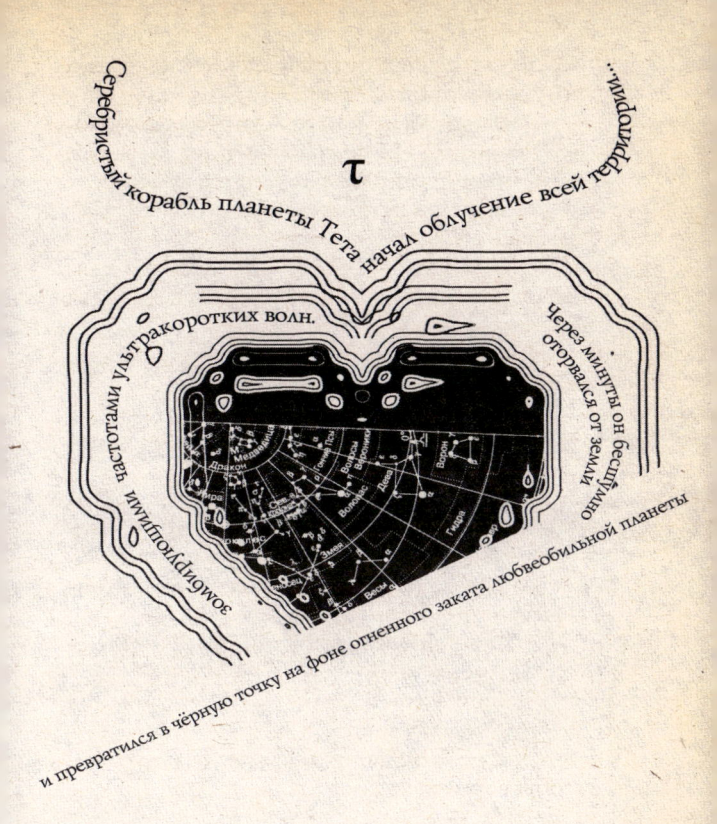

Серебристый корабль планеты Тета начал облучение всей территории частотами ультракоротких волн. Через минуты он бесшумно оторвался от земли и превратился в чёрную точку на фоне огненного заката любвеобильной планеты

Земля.

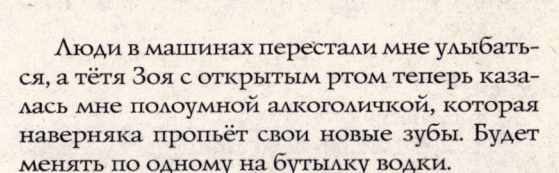

Люди в машинах перестали мне улыбаться, а тётя Зоя с открытым ртом теперь казалась мне полоумной алкоголичкой, которая наверняка пропьёт свои новые зубы. Будет менять по одному на бутылку водки.

«Надеюсь, всё-таки на две», — подумал я.

В какой-то момент я решил, что лучше вернуться на Ленинградку. И дожидаться там корабля с Теты.

А может, пойти в тюрьму и объяснить, что это я, а не Ха, должен сейчас есть в камере баланду! Спрятаться там и никого не видеть!

Что-то грохнуло в небе — уж, конечно, не наша летающая тарелка, — и пошёл дождь.

До гостиницы оставалось всего несколько шагов, и я решил переждать дождь там.

Я пробежал мимо охранника, спрятавшегося от непогоды в своём домике, а следом за мной бежала чёрная собака, такая же насквозь мокрая, как и я.

Я остановился, увидев Млея.

Я остановился каждым кусочком своего фиолетового тела, каждой своей ментальной и каждой эфирной волной, когда его увидел.

Я остановился, увидев Млея.

Нет, я был здесь всегда. На этом самом месте, в этом дворике под огромными соснами, упирающимися в небо, под этим дождём.

Я был здесь всегда, и всегда рядом был Млей.

Он плакал.

Так же плакало небо, предчувствуя нашу встречу.

Мы вроде оба не двигались, но как-то оказались рядом.

Млей уткнулся лицом мне в плечо и тихонько вздрагивал.

— Хочешь, анекдот расскажу? — тихо спросил я, пытаясь укрыть Млея от дождя.

Млей кивнул, не поднимая головы.

— «Алло! — Я рассказывал в лицах, чтобы рассмешить его. — Простите, это номер 777-77-77?» — «Да!» — «Вы не могли бы вызвать "скорую", у меня палец в телефоне застрял!»

Через минуту Млей поднял на меня глаза.

— Как это? — спросил он сквозь слёзы.

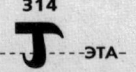

— Это такие телефоны старые, как у тёти Зои, ты, наверное, не видел, — объяснил я.

— Не видела, — прошептал Млей, делая ударение на последнем слоге.

— Не видела, — исправился я, и волна необыкновенной нежности подхватила меня и закружила в самом чувственном танце из всех, что случаются во Вселенной.

— Ха-ха-ха! Прикол! — Млей поднял на меня своё улыбающееся лицо. Его ресницы ловили капли дождя, и капли дождя на ресницах превращались в волшебные бусинки.

— Я люблю тебя, — сказал я.

И шарики с такой бешеной скоростью покатились по моему организму, что закипели и начали лопаться.

— Я мужчина! — сказал я гордо.

— Я люблю тебя, — прошептала Млей.

Я взял её за руку, и мы побежали в гостиницу.

Галя смотрела на нас из окна и почему-то плакала. И улыбалась одновременно.

На лестнице я подхватил Млей на руки. Я поцеловал её в губы, и это был первый поцелуй в моей жизни. Это был первый поцелуй во всей вселенной!

— Я хочу, чтобы у нас были дети, — сказала Млей.

— Конечно, — сказал я. — Я ведь люблю тебя!

Небо озарилось синими вспышками — цвет электричества, вырабатываемого из солнечного света и напряжения магнитного поля земли.

Серебристый корабль планеты Тета начал облучение всей территории Рублёвского шоссе зомбирующими частотами ультракоротких волн.

Я держал за руку Млей, а она несла хрупкое эластичное яйцо, из которого скоро должны были вылупиться двое наших детей — мальчик и девочка. Мы решили назвать их Маша и Вася — в честь землян.

Отворились пластиковые люки, и жужжащая лента металлического транспортера доставила нас на корабль.

Через несколько минут он бесшумно оторвался от земли и превратился в чёрную точку на фоне огненного заката любвеобильной планеты Земля.

И только бывший администратор гостиницы, прижимая к груди боксёрские перчатки, придя в себя после воздействия зомбирующих волн, следила за этой точкой до тех пор, пока она не исчезла бесследно в тёмной Вселенной..

*Литературно-художественное издание*

Оксана Робски

# ЭТА-ТЕТА

**Роман**

Зав. редакцией О. Ярикова
Ответственный редактор М. Малороссиянова
Технический редактор Т. Тимошина
Корректор И. Мокина
Компьютерная верстка К. Парсаданяна

ООО «Издательство Астрель»
129085, г. Москва, пр-д Ольминского, 3а

ООО «Издательство АСТ»
141100, РФ, Московская обл., г. Щелково, ул. Заречная, д. 96

Вся информация о книгах и авторах
«Издательской группы АСТ»
на сайте: www.ast.ru

Отпечатано в полном соответствии с качеством
предоставленного электронного оригинал-макета
в ОАО «Ярославский полиграфкомбинат»
150049, Ярославль, ул. Свободы, 97

## Телеканал ТВ3 –
## мы рассказываем вам истории:

*О фатальной силе любви и невероятном сплетении событий*
*О необъяснимых происшествиях и ошеломляющих открытиях*
*О роковых красавицах прошлого и звездных красавцах настоящего*

ТВ3 – лучший российский телеканал в жанре **«Мистика. Фантастика. Приключения»**. Мы отбираем для вас **только самые качественные** зарубежные сериалы и фильмы.

В декабре 2008 года мы запускаем для вас **первый российский мистический ситком** — «Моя любимая ведьма», в котором колдовство и мистика идеально сочетаются со здоровым юмором и современными жизненными реалиями.

Мы открываем самые сокровенные подробности мистической жизни знаменитостей в программе «Мистика звезд с Анастасией Волочковой».

## МИСТИКА ВОКРУГ НАС!

Миллионы российских телезрителей уже открыли для себя
***НАСТОЯЩИЙ МИСТИЧЕСКИЙ***

www.tv3russia.ru

## ИЗДАТЕЛЬСКАЯ ГРУППА act

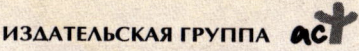

### ПРИОБРЕТАЙТЕ КНИГИ ПО ИЗДАТЕЛЬСКИМ ЦЕНАМ В СЕТИ КНИЖНЫХ МАГАЗИНОВ буква

**МОСКВА:**

- м. «Алексеевская», Звездный б-р, д. 21, стр. 1, т. (495) 232-19-05
- м. «Алексеевская», пр-т Мира, д. 114, стр. 2 (Му-Му), т. (495) 687-45-86
- м. «Алтуфьево», Дмитровское ш., д. 163 А, ТРЦ «РИО»
- м. «Бауманская», ул. Спартаковская, д. 16, т. (495) 267-72-15
- м. «Бибирево», ул. Пришвина, д. 22, ТЦ «Александр Лэнд», этаж 0, т. (495) 406-92-65
- м. «ВДНХ», г. Мытищи, ул. Коммунистическая, д. 1, ТРК «XL - 2», т. (495) 641-22-89
- м. «Домодедовская», Ореховый б-р, вл. 14, стр. 3, ТЦ «Домодедовский», т. (495) 983-03-54
- м. «Каховская», Чонгарский б-р, д. 18, т. (499) 619-90-89
- м. «Коломенская», ул. Судостроительная, д. 1, стр. 1, т. (499) 616-20-48
- м. «Коньково», ул. Профсоюзная, д. 109, корп. 2, т. (495) 429-72-55
- м. «Крылатское», Осенний б-р, д. 18, корп. 1, т. (495) 413-24-34, доб. 31
- м. «Крылатское», Рублевское ш., д. 62, ТРК «Евро Парк», т. (495) 258-36-14
- м. «Марксистская»/«Таганская», Бол. Факельный пер., д. 3, стр. 2, т. (495) 911-21-07
- м. «Менделеевская»/«Новослободская», ул. Новослободская, д. 26, т. (495) 251-02-96
- м. «Новые Черемушки», ТЦ «Черемушки», ул. Профсоюзная, д. 56, 4-й этаж, пав. 4а-09, т. (495) 739-63-52
- м. «Парк культуры», Зубовский б-р, д. 17, стр. 1, т. (499) 246-99-76
- м. «Перово», ул. 2-я Владимирская, д. 52, т. (495) 306-18-97
- м. «Петровско-Разумовская», ТРК «XL», Дмитровское ш., д. 89, т. (495) 783-97-08
- м. «Пражская», ул. Красного Маяка, д. 26, ТЦ «Пражский Пассаж», т. (495) 721-82-34
- м. «Преображенская площадь», ул. Бол. Черкизовская, д. 2, корп.1, т. (499) 161-43-11
- м. «Сокол», ТК «Метромаркет», Ленинградский пр-т, д. 76, корп. 1, 3-й этаж, т. (495) 781-40-76
- м. «Теплый стан», Новоясеневский пр-т, вл. 1, ТРЦ «Принц Плаза»
- м. «Тимирязевская», Дмитровское ш., д. 15, корп. 1, т. (495) 977-74-44
- м. «Тульская», ул. Большая Тульская, д. 13, ТЦ «Ереван Плаза», т. (495) 542-55-38
- м. «Царицыно», ул. Луганская, д. 7, корп. 1, т. (495) 322-28-22
- м. «Университет», Мичуринский пр-т, д. 8, стр. 29, т. (499) 783-40-00
- м. «Шелковская», ул. Уральская, д. 2
- м. «Щукинская», ул. Щукинская, вл. 42, ТРК «Щука», т. (495) 229-97-40
- м. «Юго-Западная», Солцевский пр-т., д. 21, ТЦ «Столица», т. (495) 787-04-25
- м. «Ясенево», ул. Паустовского, д. 5, корп. 1, т. (495) 423-27-00
- М.О., г. Железнодорожный, ул. Советская, ТЦ «Эдельвейс»
- М.О., г. Зеленоград, ТЦ «Иридиум», Крюковская площадь, д. 1
- М.О., г. Клин, ул. Карла Маркса, д. 4, ТЦ «Дарья», т. (496)(24) 6-55-17
- М.О., г. Коломна, Советская площадь, д. 3, Дом Торговли, т. (496)(61) 50-3-22
- М.О., г. Люберцы, Октябрьский пр-т, д. 151/9, т. (495) 554-61-10
- М.О., г. Сергиев Посад, ул. Вознесенская, д. 32А, ТЦ «Счастливая семья»
- М.О., г. Электросталь, ул. Ленина, д. 010, ТЦ «Эльград»

**РЕГИОНЫ:**

- Архангельск, 103-й квартал, ул. Садовая, д. 18, т. (8182) 65-00-95
- Белгород, Народный б-р, д. 82, т. (4722) 32-53-26
- Владимир, ул. Дворянская, д. 10, т. (4922) 42-06-59
- Волгоград, ул. Мира, д. 11, т. (8442) 33-13-19
- Екатеринбург, ул. Сулимова, д. 50, ТРК «Парк Хаус», т. (343) 216-55-02
- Ижевск, ул. Автозаводская, д. 3а, ТРЦ «Столица», т. (3412) 90-38-31
- Калининград, ул. Карла Маркса, д. 18, т. (4012) 71-85-64
- Краснодар, ул. Дзержинского, д. 100, ТЦ «Красная площадь», т. (861) 210-41-60
- Красноярск, пр-т Мира, д. 91, т. (3912) 23-17-65
- Курган, ул. Гоголя, д. 55, т. (3522) 43-39-29
- Курск, ул. Радищева, д. 86, т. (4712) 56-70-74
- Курск, ул. Ленина, д. 11, т. (4712) 70-18-42
- Липецк, пл. Коммунальная, д. 3, т. (4742) 22-27-16
- Мурманск, пр-т Ленина, д. 53, т. (8152) 47-20-43
- Новосибирск, ул. Ватутина, д. 107, ТЦ «Мега», т. (383) 230-12-91
- Пенза, ул. Московская, д. 83, ТЦ «Пассаж», т. (8412) 20-80-35
- Пермь, ул. Революции, д. 60/1, ТЦ «7 пятниц», т. (342) 233-40-49
- Ростов-на-Дону, Новочеркасское ш., д. 33, ТЦ «Мега», т. (863) 265-83-34
- Рязань, Первомайский пр-т, д. 70, корп. 1, ТЦ «Виктория Плаза», т. (4912) 95-72-11
- Самара, ул. Дыбенко, д. 30, ТЦ «Космопорт», т. 8-908-374-19-60
- Санкт-Петербург, Гражданский пр-т, д. 41, ТЦ «Академический», т. (812) 380-17-84
- Санкт-Петербург, ул. Чернышевская, д. 11/57, т. (812) 273-44-13
- Санкт-Петербург, Лиговский пр-т, д. 185, т. (812) 766-22-88
- Тверь, ул. Советская, д. 7, т. (4822) 34-53-11
- Тольятти, ул. Ленинградская, д. 55, т. (8482) 28-37-68
- Тула, ул. Первомайская, д. 12, т. (4872) 31-09-22
- Тула, пр-т Ленина, д. 18, т. (4872) 36-29-22
- Тюмень, ул. М.Горького, д. 44, стр. 4, ТРЦ «Гудвин», т. (3452) 79-05-13
- Уфа, пр. Октября, д.26-40, ТРЦ «Семья», т. (3472)293-62-88
- Чебоксары, ТЦ «Мега Молл», ул. Калинина, д. 105а, т. (8352) 28-12-59
- Череповец, Советский пр-т, д. 88а, т. (8202) 53-61-22
- Ярославль, ул. Свободы, д. 12, т. (4852) 72-86-61

Широкий ассортимент электронных и аудиокниг
ИГ АСТ Вы можете найти на сайте www.elkniga.ru

Заказывайте книги почтой в любом уголке России
123022, Москва, а/я 71 «Книги – почтой»
или на сайте: shop.avanta.ru

Курьерская доставка по Москве и ближайшему Подмосковью:
Тел/факс: +7(495)259-60-44, 259-41-71

Приобретайте в Интернете на сайте: www.ozon.ru

Издательская группа АСТ www.ast.ru
129085, Москва, Звездный бульвар, д. 21, 7-й этаж
Информация по оптовым закупкам: (495) 615-01-01, факс 615-51-10
E-mail: zakaz@ast.ru